Stenen voor een ransuil

D1362746

Maarten 't Hart
Stenen voor een ransuil

Amsterdam · Uitgeverij De Arbeiderspers

Tweede, herziene druk, maart 1978
Derde druk, november 1978
Vierde druk, juni 1979
Vijfde druk, maart 1980
Zesde druk, juni 1980
Zevende druk, juli 1980
Achtste druk, augustus 1980
Negende druk, oktober 1980
Tiende druk, maart 1981
Elfde druk, juni 1981

Omslag: Friso Henstra
Foto achterplat: Lon van Keulen
Druk: Tulp, Zwolle

ISBN 90 295 1872 3

Inhoud

1 De hoge zwaluwen

I

Hij merkte dat de man naar hem keek met één oog. Hij voelde zich onbehaaglijk onder de blik. Zou hij het ook onbehaaglijk gevonden hebben als de man met beide ogen had gekeken? Hij wist het niet. Het andere oog staarde naar de rails, waarover zo dadelijk de trein zou rijden. Hij keek voor zich uit, probeerde niet aan de man te denken. Zou de man scheel zijn? Aan die mogelijkheid had hij niet eerder gedacht. Misschien keek hij helemaal niet naar hem, maar was het schele oog toevallig op hem gericht. Hij keek voorzichtig op. Hij moest niets laten merken. Het oog was nog altijd op hem gericht. Terwijl de trein voorbijreed knipperde de man even met zijn oogleden.

De spoorbomen gingen omhoog. Hij bukte zich. Onder de nauwelijks geopende bomen rende hij weg. Eenmaal over de spoorbaan ging hij langzamer lopen. Hij stak de straat over. Midden op straat (of plein) was een soort bak, waarin planten stonden en één hoge boom. De bak had een witte rand, waarop je met moeite lopen kon. Hij was de blik al bijna vergeten. Hij stond aarzelend voor de rand. Het was hem verboden over de rand te lopen. Herhaaldelijk was hij gevallen en was er iets gescheurd. Toch deed hij het. Hij stapte op de witte rand.

Zwaaiend met zijn armen liep hij erover. Zouden de mensen het zien? Hij kon goed zijn evenwicht bewaren en zou heus niet valllen.

Aan het eind gekomen bleef hij even staan, het afspringen uitstellend. Hij zuchtte, hij sprong. Had iemand het gezien? Hij keek om. Op de smalle brug over de haven stond de man. Hij kon zien dat de man glimlachte. Er was geen twijfel mogelijk: de man keek naar hem. Waarom? Hij kende de man niet, herinnerde zich niet hem ooit eerder te hebben gezien. Hij holde weg.

Toch bleef hij verderop stilstaan om achterom te kijken. Hij zag de man niet. Zou er iets gebeurd zijn met zijn kleren? Hij betastte zijn jas en zijn broek, maar kon niets vinden. Waarom had de man zo naar hem gekeken? Hij voelde zich onbehaaglijker dan zoëven. Wat was er te zien geweest? Hij liep verder, nijdig tegen een steentje schoppend. Zou hij het thuis vertellen? Beter niet doen. Wat kon hij vertellen? Een man keek naar me. Wat dan nog?

Het was niet de eerste blik van de man die hem op de volgende dagen zo onrustig deed zijn. Hij zou de blik spoedig zijn vergeten. Een dag later echter ontmoette hij de man opnieuw, nu op het marktplein, en weer was er dezelfde blik, die evengoed geen blik zijn kon omdat er maar één oog aan te pas kwam. Het andere oog keek nooit naar hem. De herhaling van het gebeurde op de volgende dagen nadat de blik voor de eerste maal verschenen was maakte hem steeds banger. Maar toen het een dag uitbleef, hij de man niet gezien had, niet 's morgens onderweg naar school, niet tussen de middag en ook laat in de middag niet toen hij naar huis holde in de al donker wordende straten, voelde hij het ontbreken van de blik opeens als een gemis. Hij realiseerde zich dat de man vriendelijk keek en dat niet zozeer de blik onbehaaglijk was als wel het feit dat er maar één oog bij werd gebruikt. Een dag later was de blik er weer, maar zijn opluchting was vermengd met bitterheid en onrust en hij nam zich voor een andere weg te nemen naar school, vroeger van huis te gaan en na te blijven op het schoolplein om de man te ontlopen. Hij ging door steegjes naar school. Hij maakte een omweg. Steeds was hij bevreesd hem te zien. Een kleine gedrongen man. Een man, bijna zonder nek. Een man in een oude regenjas, die al enigszins was verschoten.

Nu hij de omweg maakte zag hij hem wekenlang niet en hij veronderstelde dat hij wel weg zou zijn. Of misschien was het toch toeval: de blikken. Of inbeelding. Soms nam hij weer de kortste weg naar school. Waarom deed hij het? Wilde hij de man ondanks alles terugzien? Hij ontmoette de man niet en de herinnering aan hem vervaagde.

Regen, druilerige regen, waardoor je langzaam verkilde. Hij liep door de donkere novemberstraten. Als hij hier liep deed hij een spelletje met het licht van de gaslantaarns. Vlak bij een lantaarn had hij geen schaduw. Als hij verder liep was zij achter hem, daarna draaide zij langs hem en onder hem door naar voren. De schaduw kromp onder hem, werd weer groter, kleiner, groter. Hij probeerde haar te vlug af te zijn. Heel vlug lopen, plotseling stilstaan, achteruit lopen, opeens vooruit springen. Als je stilstond verstarde de beweging van de schaduw. Hij vond het altijd weer vreemd. Na de onverstoorbare en zo kalm vloeiende beweging van de schaduw plotseling rust. Het was een heerlijk spel, het zou hem nooit vervelen. Hij deed het altijd als hij na het eten nog een boodschap moest doen voor zijn vader.

Hij passeerde weer een gaslantaarn. Als hij nu eens stilstond en achteruit sprong, wat zou de schaduw dan doen? Hij rende vooruit, bleef staan, sprong achteruit. Hij verstarde, hoorde een stem.

'Jongeheer, pas toch op!'

Haastig deed hij een stap opzij. Achter hem stond de man in het geheimzinnige licht van de gaslantaarn. Hij droeg dezelfde regenjas, geen hoed. De man stond stil. Nog nooit had hij hem zo dichtbij gezien. Was hij bang?

'Neemt u het mij niet... niet kwalijk, mijnheer.'

'Nee, jongeheer Stol.'

De man kende hem, kende hem! Angst, afschuw, o, dat niet, dat niet. Hij rende weg zonder nog naar de man om te zien. Hoorde hij de man nog roepen? Niet luisteren, weghollen. Een paar straten verder ging hij langzamer lopen. Nog durfde hij niet om te kijken. Hij hijgde. Naar huis, naar huis. Opnieuw probeerde hij te rennen. Een stekende pijn in zijn zijde maakte het onmogelijk.

Hoe kende de man hem? Wist de man ook waar hij woonde? Die veronderstelling was nog pijnlijker. Daags daarna durfde hij het huis niet te verlaten. Hij wendde een ziekte voor. Hij hoestte een paar maal en zijn al te bezorgde moeder verbood hem het huis te verlaten, juist zoals hij verwachtte. Er werd een soort bed voor hem gemaakt bij het raam.

'Mag het gordijn een beetje dicht?' vroeg hij.

'Waarom?' zei zijn moeder. 'Je wilt toch altijd naar buiten kijken?'

'Nu niet, nu maar niet.'

'Goed,' zei ze.

Ze schoof het gordijn half dicht. Toch probeerde hij nog langs het gordijn te kijken, maar zo dat hij zelf niet gezien kon worden.

De man verscheen niet. De man zou zeker niet weten

waar hij woonde. Toen hij weer op straat durfde verschijnen zag hij hem niet meer.

In de maanden daarna ontmoette hij de man niet en verzonk zelfs de herinnering aan hem. Andere ervaringen waren ook pijnlijk. Zo zijn vriendschap met Jan Bent-Beukom. Hij kwam nu al vaker thuis bij Jan op voorwaarde evenwel dat hij zou helpen met zijn huiswerk. Waarom ook niet? Kwam hij eigenlijk wel voor Jan? Of voor de piano? Hij zou het niet kunnen zeggen. Zijn vader zei: 'Gods kinderen spelen niet op een piano.' Eenmaal had hij gevraagd: 'Waarom niet?' en zijn vader had geërgerd geantwoord: 'Het is een werelds ding en Gode niet welgevallig.' Ondanks dat fascineerde de klank van de piano hem. Heel anders dan het harmonium, veel helderder, springeriger, vrolijker, zonder dat wonderlijk nasale geluid waarvan hij altijd enigszins hoofdpijn kreeg. Hij hield niet van harmonium.

Jan had pianoles. Hij mocht vanzelfsprekend niet bij de lessen zijn, maar later hoorde hij van Jan wat er besproken was en Jan vertelde hem hoe hij de handen houden moest, en over de verschillende notenwaarden en de betekenis van de notenbalken. Hij leerde het vlug. Hij kon niet zoveel oefenen, maar dat was niet nodig. Hij bleef wel ongeveer op hetzelfde niveau als Jan. Soms speelden ze quatre-mains.

'Jullie moeten eens naar de leraar van Jan gaan luisteren,' had de vader van Jan niet lang geleden gezegd.

'Wie is dat?' had hij gevraagd.

'Mijnheer Brikke,' had Jan gezegd, 'de organist van de hervormde kerk.'

'Hervormde kerk!' had hij weifelend gezegd.

'Ga samen naar de hervormde kerk,' had de vader van Jan gezegd.

Hij had gezwegen. Zou zijn vader dat goedvinden? Beter niet vragen, gewoon gaan zonder iets te zeggen. Op zondag was het meestal zo druk in huis (de pastorie) dat hij gemakkelijk ongezien weg kon gaan.

Zo deed hij. Ze liepen samen door de sneeuw op zondagmiddag. De lucht was droog. De zon scheen op de sneeuw. Bij de brug over de Reeg bleven ze even staan om naar de hijsarm te kijken die naast de brug was opgesteld. Maar hij spoorde Jan aan om door te lopen. Naar de hervormde kerk. Hij was nooit eerder in een andere kerk geweest. Hij was opgewonden. Ze schudden de de sneeuw van hun voeten. In het portaal van de kerk las hij de letters op de met grote, blauwe stenen bedekte vloer. Later kon hij zich de letters niet meer herinneren, alleen nog het jaartal: 1688. Voorzichtig liep hij over de donkere vloer in de kerk. Op het steen klonk het geluid van voetstappen zo heel anders. Wat hem verbijsterde was het orgelfront met hoog op het orgel onder het dak engelen. Hij bleef staan, opkijkend naar de glinsterende pijpen.

'Kom mee,' zei Jan.

'Ja,' zuchtte hij.

Hij liep achter Jan. Toen het orgel begon te spelen verbaasde het hem dat de pijpen zo doodstil bleven staan. Was het zijn opwinding, de kilte van het onbekende gebouw, het gevoel zondig te zijn die hem zo ontvankelijk maakten voor de muziek? Hij bleef opnieuw staan, nu vastbesloten niet meer te lopen, niet voordat de muziek op zou houden. Hij trachtte minder luid te ademen om maar beter te kunnen luisteren. Als door een mist zag hij de andere kerkgangers langs hem voorbijgaan, Jan, verderop, wenkend en hij kon alleen maar denken: hou op, blijf staan, luister dan toch en hij haatte ze plotseling allemaal, de kerkgangers, die zo achteloos langs hem voorbijgingen, soms verbaasd naar hem keken en Jan, zelfs Jan, omdat zij niet even ontroerd waren als hij, maar de haat was een gevoel aan de oppervlakte, want dieper was een smartelijk en gelukzalig gevoel. Daar heerste de muziek oppermachtig. Het leek alsof de muziek in hem binnendrong, hem beroerde, hem veranderde. Nadat hij even geluisterd had kon hij de muziek in zichzelf meezingen. Misschien was het een eenvoudige melodie, een melodie die soms herhaald werd en die hij spoedig kende. Dat verminderde de bekoring niet van de muziek, die hem rustig maakte. Hij zag dat de mensen verbaasd naar hem keken en Jan stond naast hem, fluisterde, smeekte: 'Ammer, ga mee, wat is er?'

'De muziek, luisteren,' zei hij zacht maar hij liet zich nu toch meetrekken en even later zat hij in een bank, die hij zelf nooit zou hebben uitgekozen om in te zitten, omdat hij het orgel niet goed zien kon. Nog altijd was de muziek er. Hij voelde zich vreemd gelukkig, ontroerd, wonderlijk ontroerd.

'Wat mooi,' zei hij.

'Mijnheer Brikke,' zei Jan trots.

De naam hinderde hem. Wat deed het ertoe dat iemand deze muziek speelde? Alleen dat nameloze, wat smartelijke gevoel was belangrijk, alsof hij heel even alleen was geweest, iets hoorde dat slechts voor hem bestemd, gecomponeerd was, maar voor niemand anders. Het orgel zweeg nu. Hij ging verzitten in de bank zodat hij het orgel beter zien kon en gedurende de dienst keek hij naar het orgel, wachtend op het wonder van zoëven. O zeker: het orgel speelde herhaaldelijk muziek die hij mooi vond, maar zo mooi als in het begin was het toch niet. Telkens neuriede hij de melodie om het maar niet te vergeten.

'Wees stil,' zei Jan tijdens de preek.

Zonder het zelf te merken had hij duidelijk hoorbaar de melodie half gezongen, half geneuried. Na de kerkdienst zong hij de melodie buiten op straat, trots dat hij het nog wist. Zijn vader vroeg waar hij geweest was en hij zei achteloos: 'In de kerk.'

'In de kerk. Onze kerk? Terwijl er geen dienst was?'

'Nee, vader, niet in de gereformeerde kerk maar in de hervormde kerk om...'

'Hervormde kerk? Ben je in de hervormde kerk geweest? Bij een dienst? Ben je werkelijk' (nu dreigender) 'in de hervormde kerk geweest. Wie had je dat bevolen? Ik soms?'

'Nee, de vader van Jan zei: "Jullie moeten eens gaan luisteren, de organist, mijnheer Brikke..." '

'Voor een organist naar de kerk? Voor Brikke? Niet voor de prediking?'

'Ook, ook, natuurlijk, ja ook voor de preek, vader.'

'Waarover werd gepreekt? Vertel er eens iets over.'

Hij zweeg. Hij wist het niet. Hij had zich geconcentreerd op het onthouden van de melodie, hij had naar het orgel gekeken. Gewoonlijk herinnerde hij zich de preek heel goed. Nu niet. Hij antwoordde beschaamd (maar ondanks zijn vader was de melodie nog steeds aanwezig en kon zo weer gezongen worden): 'Ik weet het niet meer.'

'Dat is maar goed ook,' zei zijn vader bars. 'De lichtzinnige hervormden! Denk erom: ik wil volstrekt niet hebben dat je daar naar de kerk gaat.'

Hij was niet eens zo verbaasd over de verandering in het oordeel van zijn vader. Een preek van een hervormde dominee hoefde je niet te onthouden, dat was vanzelfsprekend.

'Zonder eten naar bed,' luidde het vonnis.

Hij lag in bed. Hij luisterde naar de geluiden van de

zondagavond. De klep van het harmonium werd omhooggeschoven. Hij hoorde de stemmen van zijn vader en zijn moeder.

'Doorgrond m' en ken mijn hart, o Heer'

Hij stopte de vingers in zijn oren. Hij trok de dekens over zich heen. Niet omdat hij het niet horen wilde. Maar de melodie moest blijven en het gezang stoorde. Zou hij het nog weten? Niet in slaap vallen, de melodie herhalen, niet in slaap vallen. Onder de dekens was het warm. Hij hoorde het gezang nog steeds. Buiten op straat waren voetstappen. Hij hoorde ze dichterbij komen, even stilstaan, weer verdergaan. Zou het de man zijn, dacht hij, plotseling door schrik bevangen. Hij deed de dekens weg. Hij luisterde.

'Geloofd zij God met diepst ontzag'

Behalve dat was er niets. Hij trok de dekens omhoog. Waar was de melodie? Weg, weg. Hij probeerde het terug te vinden, nee, ja, nee, dat was het niet. Hij voelde zich moe, verdrietig. Hij luisterde naar de geluiden. In de leegte die langzaam ontstond en die zich vulde met beelden, onbestemde en onduidelijke beelden: sneeuw, hijskraan, haven, portaal van de kerk maar niet het orgel, was de teleurstelling grijs en onbestemd in hem aanwezig. Het was weg. Aan niets denken, niets denken. Misschien zou het terugkomen. Nadat hij lang had liggen woelen (door het eentonige psalmgezang wilde de slaap niet komen) vond hij de melodie onverwacht nog terug maar niet zoals het geweest was, minder mooi, glansloos. De kwelling van de beperking was haast erger dan het vergeten. Wat ontbrak er?

'Kun je mijnheer Brikke niet vragen wat hij zondag gespeeld heeft?' vroeg hij aan Jan.

'Ben je gek,' zei Jan, 'dat weet hij niet eens meer.'

'O,' zei hij. 'Weet je dat zeker?'

'Ja natuurlijk, zeur niet. Vraag het hem zelf.'

'Wanneer?'

'Straks, als hij komt voor pianoles.'

'Mag ik blijven tot hij komt?'

'O, goed, als je dat wilt...'

Hij bleef wachten ondanks de moeder van Jan.

'Ammer gaat zeker naar huis,' zei ze.

'Nee, hij wil wachten op mijnheer Brikke. Hij wil vragen wat mijnheer Brikke zondag op het orgel heeft gespeeld, weet je wel, toen we in de hervormde kerk geweest zijn.'

'Wacht dan maar in de kamer,' zei ze, 'je bent een gekke jongen.'

Hoofdschuddend verliet ze met Jan (ze wilde dat hij andere kleren aantrok voor pianoles) de kamer, naar de piano wijzend en zeggend: 'Speel maar wat zolang.'

Hij hoorde hen mompelen in de gang, op de trap naar boven. Ze praatten over hem maar wat ze zeiden interesseerde hem niet. Hij mocht op mijnheer Brikke wachten en pianospelen. Hij ging voor de piano zitten. Hij sloeg het boek open waar Jan uit oefende: sonatines van Clementi en andere componisten. Hij speelde. Het gelukte goed die dag. Vaag realiseerde hij zich dat het misschien zo was omdat ditmaal niemand luisterde. Als hij alleen thuis was kon hij ook beter toonladders oefenen op het harmonium. Was hij al zover als Jan? Als hij maar vaker op een piano zou kunnen oefenen. Maar hij zou nog liever op een orgel spelen, het orgel van hun eigen kerk of van de hervormde kerk, het orgel van mijnheer Brikke. Zou dat ooit gebeuren? Zou hij kunnen spelen wat mijnheer Brikke zondag speelde? Misschien zou hij er jaren voor moeten oefenen. Maar hij was pas twaalf, nog jong genoeg om het te kunnen leren.

Hij hoorde het geluid van voetstappen. Hij keek niet op. Hij speelde het rondo tot de herhalingstekens. Hij keek achter zich.

Eén oog was nieuwsgierig op hem gericht, het andere oog keek naar de piano. De man, dezelfde man. Het oog keek hem vriendelijk aan. Hoe kwam hij daar? Hoe was het mogelijk? Nee, nee, niet deze man, niet...

'Zo, zo, de jongeheer Stol heeft ook les, hoor ik.'

Hij hoorde zichzelf spreken, fluisteren: 'Ik heb geen les.'

'Wil de jongeheer mij soms voor de gek houden?'

'Nee, echt waar, ik heb geen les. Jan heeft het mij geleerd.'

'Dan ben je een wonderkind,' zei de man, naar hem kijkend met het oog, wat verbaasd, maar welwillend en vriendelijk. 'Speel nog eens een stukje.'

Hij boog zich voorover naar de piano, en speelde een eenvoudige sonatine van Clementi.

'Heel goed,' mompelde de man, 'heel goed.'

'Ik moet nu naar huis,' zei hij.

'Moet de jongeheer naar huis? Dat is jammer.'

'Ja, ik moet op tijd thuis zijn,' zei hij.

'Op tijd voor wat?'

Hij antwoordde niet. Hij wilde niet meer op mijnheer Brikke wachten. Hij verliet de kamer, de blik van de man ontwijkend, die daar midden in de kamer stond, niet in de lichte regenjas ditmaal maar in een blauwgrijs pak. Hij duwde de keukendeur open en rende naar buiten. Volgde de man hem? Hij durfde niet om te kijken. Eerst vlak bij huis vertraagde hij zijn gang. Hij hoorde zijn bonzende hart. Hij was nu echt bang. Ook in huis was hij niet veilig, ook daar kon de man zo maar binnenkomen. Hij moest nu toch maar iets vertellen aan zijn vader. De man zou ook hun huis kunnen betreden. Hij is wel vriendelijk, dacht hij, wel vriendelijk. Maar de gedachte was weinig geruststellend: de onverwachte verschijning van de man in de huiskamer van het huis van Jan Bent-Beukom en zijn woorden hadden hem meer angst aangejaagd dan de vreemde blikken vroeger. De volgende dag ontweek hij Jan. Hij wilde niet met vragen worden lastiggevallen over datgene wat er gisteren gebeurd was. Het was niet moeilijk Jan te ontwijken. Hij zocht Jan altijd op; bleef dat achterwege dan gebeurde er niets. Hij verscheen op het schoolplein juist voordat de bel ging. In de pauze bleef hij achter in het lokaal en aan het eind van de morgen rende hij dadelijk naar huis. Zo deed hij ook in de middag, maar ondanks het feit dat hij Jan alleen maar op een afstand zag ergerde het hem dat Jan geen pogingen deed met hem te spreken. Jan keek zelfs niet naar hem. Was Jan wel zijn vriend? Was hij alleen maar iemand die toevallig heel geschikt bleek te zijn om Jan te helpen met zijn huiswerk en die daarom geduld werd, meer niet? Als het zo was zou hij Jan niet meer moeten opzoeken. Maar dat hield ook in dat hij geen piano meer zou kunnen aanraken.

Aan het eind van de middag liep hij eerst snel in de richting van hun huis, maar op het marktplein bleef hij staan, half verscholen in een portiek. Jan en Kurt liepen over de brug. Zou hij Jan aanspreken? Die vervelende Kurt was bij hem. Beter niet doen, dacht hij. Hij wachtte tot ze aan de overkant voorbijliepen. Zouden ze hem zien? Hij verliet het portiek, stond op het marktplein, maar ze praatten druk en zagen hem niet. Hij was verontwaardigd, bijna boos. Ook voelde hij zich vernederd, een vernedering die hij zichzelf had aangedaan door te blijven wachten, door toch weer een stap te doen om het goed te maken met Jan. Was er iets goed te maken? Neen, er was niets gebeurd, bijna niets, tenminste.

Hij sprak een week lang niet met Jan. Het leek of Jan hem ontweek. Een week en een dag na de ontmoeting met de man in het huis van Jan zei hij voorzichtig, wetend dat Jan de voorafgaande dag ook les had gehad: 'Je hebt gisteren pianoles gehad?'

'Ja,' zei Jan stug.

'Zullen we, kunnen we...'

'Nee,' zei Jan, 'je moet zelf maar pianoles nemen.'

Dus dat ook niet meer. Geen pianoles meer. Niet verder gaan, blijven stilstaan, ophouden, achterraken. Het waren vage, verwarrende, droevige gedachten, waarvan hij treurig werd.

Op een zondagmiddag zat hij in de voorkamer. Zijn vader deed een middagslaapje op de zitbank in de achterkamer. Zijn moeder en zusje hielden zich bezig met de afwas. De geluiden die hij hoorde, waren een vreemde menging van rinkelend vaatwerk en gesnurk. Op straat was het zo stil als het op zondagmiddag maar zijn kon. Hij had een boek opengeslagen voor zich liggen. Hij las niet. Het was prettig dat het nu rustig was in huis. Geen voorbereidingen voor een kerkdienst waar zijn vader zou moeten preken. Geen gezoek naar manchetknopen. Geen gezucht van zijn vader, die nog iets aan de moeizaam gemaakte preken wilde veranderen. Geen tranen van zijn moeder om de maagpijn van zijn vader, de maagpijn, heviger op zondag dan op andere dagen vanwege het tweemaal preken, voor niemand vol te houden die zo koppig was om geen oude preken of preken van een ander te willen gebruiken. Hij zou nooit dominee worden, nooit. Hij wilde organist worden, al wist hij niet hoe hij dat ooit zou kunnen bereiken. Hij staarde door het raam in de lege winterse straat. Niemand. Hij boog zich over het boek, las tot hij voetstappen hoorde en maakte zich klein, zodat hij niet gezien zou worden vanuit de straat, maar wel zou kunnen zien wie voorbijging. Eén blik was voldoende om te zien dat het de man was. Hij kromp in elkaar. De voetstappen kwamen snel naderbij. Plotseling was het geluid er niet meer. De man stond voor het raam. Hij plooide het overgordijn zo dat hij er zich achter verschuilen kon, wetend dat de man hem gezien moest hebben, maar het onmogelijke hopend. Zou de man de beweging van het gordijn zien? Hij wachtte met angstig kloppend hart tot de voetstappen verder zouden gaan. Er gebeurde niets. Opeens hoorde hij een zacht getik op het raam. Wat kon hij doen? Hij bleef zitten achter het gordijn, in elkaar gedoken, zich niet bewegend. Het tikken werd herhaald. Hij zou zijn vader kunnen waarschuwen, maar zijn vader voortijdig wekken was de ergste zonde waaraan hij zich schuldig kon maken. Hij zou niets van zich laten merken. Hij voelde de pijn in zijn armen en benen als gevolg van de krampachtige houding. Maar het woog niet op tegen de paniek omdat de man buiten voor het raam van hun huis stond en op het vensterglas tikte.

Nadat hij lang zo had gezeten hoorde hij de voetstappen van de man, eerst nog dralend, aarzelend, weldra sneller. Nog durfde hij niet te verschijnen. Eerst later gleed hij omlaag uit de stoel, bleef nog zitten onder het raamkozijn. Daarna kroop hij over de vloer naar de achterkamer, zonder boek. En voor de eerste maal sinds hij de man had ontmoet vond hij zichzelf belachelijk. Zijn angst voor de man berustte op niets, alleen maar op een paar blikken en vluchtige ontmoetingen. Maar het tikken op de ruit? Dat was vreemd, heel vreemd. Hij zat in de achterkamer, zijn benen strekkend totdat het gerinkel van de afwas verstomde. Hij wilde niet in half liggende houding worden aangetroffen. Hij stond op, schoof een lade open van een kast en deed of hij iets zocht. Zijn moeder opende de deur en liep zonder gerucht door de kamer. Traag wandelde hij naar de voorkamer. Zo geruisloos mogelijk schoof hij het gordijn op de oude plaats en keek door het raam in de uitgestorven straat. Hij nam het boek op.

Laat hem nog eens komen, dacht hij, ik wil weten waarom hij tikte. Hij had nu een reden voor de vage angst: het tikken. Maar hij zou de man niet meer ontwijken, dat was laf. Toch was hij niet zeker van zichzelf. Hij dacht aan de wijd uitstaande ogen. Als die ogen er niet waren zou het anders zijn, dacht hij.

Dezelfde dag. Avond. Vader en moeder waren op bezoek bij een bevriende ouderling. Zijn zusje was naar de meisjesvereniging. Pogingen om hem naar een knapenvereniging te sturen waren gestrand op zijn stilzwijgende maar koppige weigeringen. Hij was nu alleen in huis en speelde toonladders op het harmonium. Nu kon hij oefenen, niemand zou het horen, laat staan bezwaar maken. Hij dacht na over de vriendschap met Jan Bent-Beukom, over de pianoles. Hij was verdrietig gestemd. Zijn vingers gleden onrustig over de toetsen van het wrakke instrument waar honderden psalmen op gespeeld waren en dat zich nu te voegen had onder de handen van iemand die toonladders speelde. Het is niet geschikt voor toonladders, dacht hij. Zo kan ik het nooit leren. Ik zou het zo graag heel goed willen leren.

De bel klonk door het verlaten huis. Hij schrok. Hij liep naar de deur maar opende hem niet. Hij deed het licht in de gang aan en opende het raampje in de voordeur. Misschien had hij het al verwacht. Ondanks de weer duidelijke angst sloot hij het raampje niet. Nu wilde hij weten wie deze man was en wat de man wilde. Hij voelde zich moe. Hij opende de voordeur.

'Dag jongeheer Stol,' zei de man.

'Dag mijnheer,' zei hij, afwachtend opziend naar de man in dezelfde regenjas, blootshoofds natuurlijk, één oog gericht op de deurpost, één oog op hem gericht.

De man zei niets.

Toen verbrak hij de stilte. Als van ver hoorde hij zich zeggen: 'Wie bent u?' en de stem van de man leek ook verweg, een echo: 'Weet de jongeheer niet wie ik ben?'

Het verbaasde gezicht, waarop ook begrip tot uitdrukking trachtte te komen.

'Dus daarom... dat is de reden waarom de jongeheer mij steeds ontweek. Ik ben Brikke, de organist, de leraar van Jan.'

Hij staarde met wijd geopende ogen naar de man, plotseling de aanwezigheid van de man in het huis van Jan begrijpend en in zichzelf mopperend omdat het zo voor de hand liggend was en hij daar niet aan had gedacht. Waarom niet?

'Bent u mijnheer Brikke?' stamelde hij.

'Ja,' zei de man.

Nog steeds stonden ze daar. Ze hadden al zo lang gestaan. Ze keken elkaar niet aan. Hij voelde zich heel leeg, ontnuchterd. Het leek alsof de angst meer belofte had ingehouden dan een zo bekend iemand als mijnheer Brikke.

'Je wilde me iets vragen, jongeheer?'

'Ja, nee, ja, ik weet niet,' zei hij, 'jazeker, ik wilde u iets vragen, ik wil u een paar dingen vragen.'

Hij deed een pas naar achter. Mijnheer Brikke stapte over de drempel. Daarna aarzelde hij en vroeg: 'Er is toch niemand thuis, nietwaar?'

'Nee,' zei hij.

Ze liepen door de gang. In de huiskamer stonden ze zwijgend tegen de tafel aangeleund.

'Misschien kunt u uw jas uitdoen?' vroeg hij.

'Goed, jongeheer.'

Ze gingen tegenover elkaar zitten in de fauteuils bij de haard. De man keek naar het harmonium, waarvan de klep was opengeslagen.

'Was je aan het spelen, jongeheer?'

'Ik heet Ammer, zegt u maar Ammer.'

'Goed, jongeheer Ammer, was je aan het spelen?'

'Ja,' zei hij, 'ik speelde toonladders.'

'Zo, dus je hebt geen les?'

'Nee,' zei hij.

'Wil je van mij les hebben?'

Hij keek op naar de man. Les hebben? Zijn moeder zou het niet goed vinden, laat staan zijn vader. Bovendien: het geld? Maar hij wilde iets anders bespreken, weten.

'Ik zag u zo vaak,' zei hij, niet wetend hoe hij anders onder woorden moest brengen dat hij zich gevolgd had gevoeld, dat hij bang geweest was.

De man glimlachte. 'Je hebt gelijk,' zei hij. 'Ach ja, toeval, en ik kende je wel, tenminste ik ken je vader immers goed en als je de vader kent, wil je ook de zoon kennen, goed leren kennen. Je weet toch, nietwaar, dat ik onenigheid heb gehad met je vader?'

'Nee,' zei hij.

'Weet je dat niet? Niet vertellen tegen je vader dat ik je iets heb verteld. Kijk: ik was eerst organist in de gereformeerde kerk, in jullie kerk. Overal werd al ritmisch gezongen, maar bij ons nog niet. Ik hoopte dat het bij ons ook ingevoerd zou worden, maar je vader wilde het niet en zo, zie je, ben ik naar een andere kerk gegaan. Er is wel een hartig woordje gevallen tussen je vader en mij. En je moeder, niet te vergeten. Wanneer komt je vader thuis?' (Dit opeens bezorgd) 'Je begrijpt, nietwaar, na die ruzie...'

'Voorlopig nog niet,' zei hij, de bezorgdheid maar nauwelijks begrijpend.

'O, en de anderen, je moeder... en... en...'

'Ook niet,' zei hij, enigszins verontrust door de bezorgde toon van de stem.

'Weet je, Ammer, je vader zou het vast niet goed vinden dat ik met je spreek. Vanwege het zingen natuurlijk. En ik ben van een andere kerk. Zeg maar niets tegen je vader over mijn bezoek. Zul je dat doen?'

'Ja,' zei hij.

'Ik geef je gratis les. Ik geloof dat je heel wat kunt, zie je, en daarom geef ik je gratis les. Ik wil het je leren. Doen we, nietwaar, jongeheer Ammer.'

'Ik wil heel graag les hebben,' zei hij.

'Mooi zo, dacht ik wel. En wanneer? Wanneer kun je weg zonder dat je vader en moeder het merken?'

'Ze merken nooit iets,' zei hij. 'Ze zijn altijd weg.'

'Verzin toch maar iets, dat is beter,' zei mijnheer Brikke.

'Je mag niet liegen,' zei hij.

'Dat is geen liegen, jongeheer. Je vader wil niet dat je les neemt, maar je hebt veel aanleg, talent. Die talenten moet je gebruiken, niet in de grond begraven.'

'Dat is waar,' zei hij, (de toespeling op de gelijkenis van de talenten sprak hem zeer aan) 'je talenten moet je gebruiken.'

'Dus je verzint iets, jongeheer Ammer?'

Hij staarde een ogenblik zwijgend in de vlammen van de haard.

'Ik weet wel iets,' zei hij.

'Vertel het me,' zei mijnheer Brikke, iets vooroverbuigend.

'Ik heb bijles voor het lyceum. Ik kan zeggen dat ik nog meer bijles gekregen heb. Dat is 's middags van vier tot vijf uur.'

'Zo, zo, ga je naar het lyceum.'

'Ja,' zei hij.

'Maar dat lijkt me een goed idee, je komt bij me van vier tot vijf uur. Op welke dagen heb je de bijles?'

'Op maandag en vrijdag.'

'Kun je op dinsdag bij me thuis komen? Ja? Als we wat verder zijn gaan we naar de kerk om te oefenen. Dat zal niemand zien omdat ik dicht bij de kerk woon. Misschien kun je dan op woensdagmiddag op de piano komen oefenen. Je moet verder op het harmonium oefenen, hier. Misschien zien ze dat je met muziek bezig bent, maar...'

'Dat zijn ze gewend.'

'Het lijkt haast een komplot, nietwaar. Leuk moet ik zeggen. Ik hoop dat je het ook leuk vindt. En ik zie je in elk geval op dinsdagmiddag om vier uur. Je weet waar ik woon, nietwaar?'

'Nee, mijnheer, dat weet ik niet.'

'Reegkade 12. Je weet waar de Reegkade is?'

'Natuurlijk,' zei hij enigszins verontwaardigd.

'Jij weet natuurlijk alle straten, dat begrijp ik. Dan is dat afgesproken en ga ik nu naar huis.'

'Ja, maar mag ik u nog iets vragen?'

'Ja, maar snel want ik moet weg,' zei hij enigszins zenuwachtig.

'Wat speelde u twee weken geleden 's middags voor de dienst?'

'Voor de middagdienst? Dat weet ik niet meer. Zal

een improvisatie geweest zijn. Of wacht eens...'

Hij dacht een ogenblik na.

'Bach misschien? Weet je de melodie nog? Kun je het zingen?'

'Nee,' zei hij, 'ik weet het niet meer. Ik wilde het onthouden, maar het lukte niet. Het was heel mooi.'

'Ik weet het niet meer. Maar we vinden het wel, vast wel.'

Op maandag liep hij na de bijles over de Reegkade. Eindelijk zou hij les krijgen. Wat vreemd dat mijnheer Brikke hem gratis les wilde geven. Misschien kon hij voorstellen om het later, veel later, terug te betalen? Hij had al eerder over de Reegkade gewandeld. Het water van de Reeg was grauw. Op het water lagen heel grote olievlekken en drijvend hout. Meeuwen, die krijsend boven het water vlogen. Het was stil, mistig weer. Vanaf de brug telde hij veertien huizen. Het eerste huis had nummer twee, dus het zesde huis was het huis van mijnheer Brikke. Zou hij langs het huis lopen? Hij aarzelde. Hij kon het huis van de brug af nauwelijks zien door de mist. Hij liep over de brug en rende over de Reegkade, snel, sneller langs de huizen, de hoek om na het veertiende huis. Hij had het huis maar even gezien maar wist nu waar het stond, een oud, wat scheefgezakt huis, lang geleden gebouwd en waarvan er niet veel meer waren in de stad.

'Je moet nog veel leren,' zei mijnheer Brikke. 'Dat moet iedereen. Piano- en orgelspelen is moeilijk. Je denkt er te zijn, maar in feite begin je pas. Maar samen zullen we het heel ver brengen, nietwaar?'

Hij luisterde naar de wat brommerige stem van mijnheer Brikke. De woorden troostten hem. Hij kon nog zo weinig, zijn vingerzettingen waren niet goed, hij gebruikte zijn handen verkeerd.

'Nooit les gehad, wat wil je,' zei Brikke. 'Toch ben je eigenlijk al verder dan je vriendje Jan. Vooral de moed niet opgeven, hoor. Hier heb ik een aardig boekje voor je. Makkelijke stukken van Bach. Sla maar eens open. Probeer maar heel langzaam.'

Hij zette de muziek voor zich op de piano. Hij speelde de eerste maten. Hij besefte vaag nu voor het eerst het rijk van de muziek te betreden. Bach, een stuk van Bach. Voor hem was de naam Bach vreemd rijk aan inhoud, meer dan enige andere naam. Je hoorde veel over Bach, ook wel veel over Mozart, maar dat was toch meer een populair componist. Bach niet, Bach was voor enkele mensen. Zo dacht hij, met veel moeite de linkerhand over de toetsen bewegend.

'Veel oefenen,' zei Brikke.

'Weet u al wat u speelde?'

'Wanneer? Wat speelde?'

'Op zondag voor de middagdienst.'

'Ja, ja, wat zal dat geweest zijn? Ga eens opzij. Dit misschien?'

Mijnheer Brikke speelde een melodie.

'Nee,' zei hij teleurgesteld.

'Dan weet ik het niet,' zei Brikke, 'je speelt als organist zoveel, nietwaar. Hoe zou ik het allemaal kunnen onthouden?'

Hij knikte zwijgend, niet overtuigd.

'We moeten samen ook naar muziek luisteren, Ammer, dat wil je wel?'

'Ja,' zei hij.

'Op woensdagmiddag als je vrij bent van school. We zullen eens symfonieën van Beethoven draaien. Dat zul je vast heel mooi vinden, denk ik.'

'Ik denk niet dat het kan.'

'Waarom niet?'

'Ik moet werken voor het toelatingsexamen.'

'Werk maar hard! Je moet het ver brengen. Niet in de muziek gaan! Je verdient geen droog brood in de muziek. Ik zal je wel goede raad geven. Wil je ook dominee worden, net als je vader?'

'Nooit, nee volstrekt niet,' zei hij met nadruk.

Brikke antwoordde niet. Hij zat opzij van de piano.

Eén oog was op hem gericht, het andere oog kon hij niet zien, het leek of alleen het oogwit te zien was. In de kamer hing een muffe geur. Gevolg van de vergeelde overal verspreid liggende muziek?

'Toch moeten we samen luisteren,' zei mijnheer Brikke. 'Onderdeel van de opleiding. In de vakantie misschien? Je hebt al gauw vakantie, nietwaar?'

'Ja,' zei hij.

'Dan kom je, nietwaar? Ik laat je alle muziek horen die ik heb. Doen hoor! Nu nog even studeren. Nog maar eens Bach. Kijk, zo moet je je handen houden.'

Mijnheer Brikke nam zijn handen in zijn eigen handen. Hij legde zijn handen op de toetsen. Hij speelde of de handen van mijnheer Brikke speelden, speelden via en met zijn handen.

Bij het eind van de eerste regel lieten de handen zijn handen alleen spelen.

'Gaat goed zo,' zei mijnheer Brikke, hem op de schouder kloppend. 'Nog even en je speelt in de concertzaal.'

Gedurende de volgende maanden verdwenen de gemengde gevoelens, maanden waarin hij wekelijks les had. De herinnering aan het angstaanjagende van de éénogige blik vervaagde. Er bleef een zekere onrust, misschien door de soms plotseling optredende nervositeit van mijnheer Brikke, die hij niet goed begrijpen kon. De angst voor ontdekking was nauwelijks reëel, ook al praatte Brikke er soms over. Wellicht zouden zijn ouders niet eens bezwaar maken nu de lessen toch gratis waren. Hij vond het allengs prettiger om bij Brikke op bezoek te gaan, niet alleen vanwege de lessen, ook vanwege het wat losse gepraat van mijnheer Brikke, dat een zoveel oudere luisteraar veronderstelde dan alles wat hij thuis en waar dan ook te horen kreeg, en vanwege de muziek die hij met Brikke samen beluisterde. Maar de belangrijkste reden voor zijn trouwe bezoeken aan de Reegkade was het vooruitzicht éénmaal op het kerkorgel te mogen spelen, een echt, groot kerkorgel.

Hij besefte dat hij bij Brikke een soort opvoeding kreeg die hij thuis nooit zou krijgen, een muzikale opvoeding. Hij trachtte soms thuis te luisteren naar muziek, maar het was alleen mogelijk als zijn ouders niet thuis waren. Zijn moeder sprak over frivool, heidens lawaai en zijn vader zei dat deze muziek niet tot eer van God gecomponeerd was. Dat gold alleen voor de muziek van de psalmen en misschien voor vijf of zes van de negenentwintig gezangen die de psalmbundel aanvulden. Op een avond had hij naar Mendelssohn willen luisteren, maar het werd hem verboden.

'Mag ik dan in de keuken gaan zitten met de radio?' had hij gevraagd. Het werd toegestaan op voorwaarde dat de muziek heel zacht zou worden gezet. Eenmaal in de keuken op weg naar Die Hebriden bleef het moeilijk. Zijn moeder opende de deur.

'Zachter graag, we dreunen het huis uit.'

Gehoorzaam draaide hij de regelaar naar links. Omdat hij nu de zachte passages niet meer kon horen draaide hij de regelaar naar rechts. Zijn moeder verscheen weer.

'Zachter die rommel!'

Weer de regelaar naar links. Bij een zeer harde passage opnieuw zijn moeder.

'Zachter! Hoe vaak moet ik dat nu nog zeggen?'

Hij kon alleen de meest luide passages nog horen. Zijn moeder kwam de keuken binnen om thee te zetten.

'Nu even uit,' zei ze. 'Ik kan niet tegen dat lawaai. Als het nu nog gewijde muziek was...'

Hij draaide de regelaar zover mogelijk naar links. Ze liep bedrijvig rond in de keuken. Hoe lang zou ze nog blijven? Hij wachtte geduldig. Het leek hem dat het zo altijd blijven zou, dat het nooit anders zou worden. Hij was te gedwee voor protest, te inschikkelijk voor ruzie, opstand, maar misschien zou hem dat behoed hebben voor de verschrikkelijke haat jegens zijn moeder, een woordeloze, haast onbewuste haat.

Nadat zijn moeder de keuken verlaten had, kon hij alleen nog maar de woorden horen: 'Dit was de ouverture Die Hebriden van Mendelssohn.' Daarna volgde de vijfde symfonie van Beethoven. Zodra de eerste maten weerklonken verscheen zijn moeder.

'Uit die rommel. Je hebt nu weer genoeg gehoord.'

Hij zat daar in het duister. Alleen de radio gaf licht door de spleetjes in het hout aan de achterzijde van het toestel. De kleine vlakken licht waren op de muur groter. Hij zat daar, niet huilend, zelfs niet huilend, alleen maar hatend en gespannen en de woede in zichzelf begravend. Hij was zelfs bang om de knop geheel om te draaien. Hij overwon de angst voor het heldere geluid van de tik, dat misschien opnieuw vermaning uit zou lokken. Hij deed het toestel uit. Hij droeg het toestel naar de kamer. Op zijn suggestie het toestel mee te nemen naar zijn eigen kamer werd verontwaardigd gereageerd. Hij verliet de kamer. In zijn eigen kamer zat hij met de handen onder het hoofd, aan niets denkend.

Bij mijnheer Brikke was het anders. Ze zaten in de hoge, leren stoelen, hoewel mijnheer Brikke niet lang, omdat de muziek hem opwond en hij mee moest stampen, fluiten, met de armen zwaaien en boven de muziek uit nog iets roepen, bij voorbeeld 'Dat is het tweede thema' of 'nu komt het coda' of 'wat een modulatie', woorden die niets voor hem betekenden en dat besefte mijnheer Brikke ook wel, maar hij kon niet nalaten ze te zeggen.

'Ik zal je mijn favorieten uit mijn jeugd eerst eens laten horen. Muziek, waar ik van hield toen ik zo oud was als jij. Beethoven, de vijfde, Liszt, Les Préludes, Schubert, de Unvollendete en de Kloksymfonie van Haydn. Een rariteitenkabinet, hoor. Nu vind ik andere muziek mooi, maar om mee te beginnen lijkt me dit heel geschikt. Op jouw leeftijd heb ik erbij gehuild als een kind, nou ja, ik was toen ook nog een kind zul je zeggen. Man, kerel, ik zat erbij te snotteren. Nu is dat anders, je vergeestelijkt als je ouder wordt en je vermozart. Misschien is dat wel hetzelfde. In elk geval zou ik zonder Mozart niet kunnen leven. Maar we beginnen niet met Mozart. Eerst doen we Beethoven. Pas wie een afkeer van Beethoven heeft gekregen door veel naar hem te luisteren, is rijp voor Mozart.'

Zo luisterde hij naar de vijfde symfonie van Beethoven. Hij begreep niet dat Brikke beweerde niet van Beethoven te houden. Bij de herhaling van het begin (het noodlotsmotief, zoals Brikke hem vertelde) zat mijnheer Brikke hevig op en neer te deinen, met de ogen gesloten en soms in de handen klappend. Bij een melodie die hij tweede thema noemde, prevelde hij 'wat mooi' en bij het tweede deel veegde mijnheer Brikke zelfs over de ogen en zijn stem was hees toen hij bij het omkeren van de plaat zei dat nu de twee lelijkste delen zouden volgen. De feestmars aan het eind werd luid meegejubeld.

31

'Zo luister ik nu eenmaal naar muziek,' zei hij, 'die ik niet mooi vind.'

'Laat u dan eens iets horen wat u wel mooi vindt?' zei hij bedeesd.

In het op hem gerichte oog verscheen verbazing.

'Waarom? Ik begrijp het. Je wilt zien hoe ik dan luister, nietwaar. Een pianoconcert van Mozart dan maar.'

Inderdaad zat mijnheer Brikke nu doodstil op zijn stoel, alleen af en toe de handen bewegend en zelfs dat niet eens pathetisch, maar zeer ingehouden.

'Ik dacht altijd dat Mozart een populaire componist was,' zei hij nadat de muziek was afgelopen.

'Mozart een populair componist? Wat zeg je nu toch? Onzin, waanzin. Mozart is de minst populaire componist, maar hij is de grootste componist, de enige componist, hoewel Bach... Nu, ja, dat kun je ook niet weten, nietwaar? Ik neem het je niet kwalijk.' (Zijn woede verdween even plotseling als ze gekomen was.) 'Mozart is de bron. Zonder die rakker uit Nazareth zou ik best kunnen leven, maar niet zonder Mozart. Daar hoor je van op, nietwaar, domineeszoon. Ik wil je wel vertellen: ik geef de hele bijbel cadeau voor het Requiem van Mozart, nu goed, niet de hele bijbel, niet het boek Samuel, de beide boeken van Samuel en de boeken der Koningen, zie je, voor een paar verhalen, die, ach, dat begrijp je toch niet...'

Stilte. Mijnheer Brikke zat achterover gezakt in zijn stoel, met zijn vingers op de stoelleuning trommelend.

'Het lijkt me een goed idee,' zei hij, 'om eens naar een opera van Mozart te gaan luisteren. Hoe vind je dat, Ammer?'

'Een opera,' zei hij verbaasd.

'O, dat mag natuurlijk niet. Opera: dat is zondig, nietwaar? Toneel ook. Werelds vermaak. Maar dat zal ons er niet van weerhouden om naar de opera te gaan. Opera's van Mozart: dat is het mooiste wat bestaat. Die moet je gehoord hebben, nou ja, moeten... Die wil je gehoord hebben, dat is het. Doen we, nietwaar?'

'Ik weet het niet. Ik kan zo maar niet een hele avond weg.'

'Ja, daar moeten we iets op verzinnen. Weet je zelf niets?'

'Ja,' zei hij, 'ik zou kunnen zeggen dat er een schoolfeest is.'

'Mag je wel schoolfeesten bezoeken?'

'Ze willen het graag, omdat ik altijd thuis zit en geen vrienden heb. Ze denken dat het goed voor mij is.'

'Ja, dat denk ik ook. Dat zou heel goed voor je zijn. Je bent zo schuchter en zo bedeesd.'

De eigenaardige blik rustte op hem en nu verscheen ook een vreemd glimlachje, waarin hij iets pijnlijks bespeurde, iets smartelijks bijna.

'Je moet wat robuuster worden,' zei mijnheer Brikke. 'Zo kom je er niet in de wereld, dat moet je van me aannemen. Toen ik zo oud was als jij nu was ik ook zo stil en verlegen en wat heb ik bereikt: organist ben ik geworden en dan moet ik nog wat kritieken schrijven om in leven te blijven. Denk erom, dat je iets beters wordt! Van muziek kun je niet leven, ook al kun je zonder muziek helemaal niet leven, tenminste ik niet en jij ook niet. Je bent net zo'n jongen als ik. Daarom is het goed dat wij elkaar hebben leren kennen. Nu kan ik je een beetje wapenen tegen het leven. Het leven is zo hard, zo heel hard. Zorg voor een goede positie. Zonder dat kun je wel gelukkig worden. Ik ben ook gelukkig, nietwaar, maar...' (Weer dezelfde wrange glimlach.)

Hij zweeg enige tijd. Na een paar minuten zei hij: 'Waar zullen we nu eens naar luisteren? Of zullen we

33

nog wat praten? Hoe oud ben je nu?'

'Twaalf jaar,' zei hij.

'Zo, zo, twaalf jaar. Heb je al belangstelling voor meisjes?'

'Nee,' zei hij stug.

'O, dat is een onderwerp waarover we nog niet praten moeten, nietwaar? Goed hoor, laten we rusten. Wanneer word je dertien?'

'Op 25 september.

'Zo, dus over vier maanden. Dan moeten we iets bijzonders doen. Ik weet iets: we gaan naar de kerk en je mag dan op het kerkorgel spelen. Maar voor die tijd goed oefenen, hoor! Wacht, laat ik je iets geven om uit te oefenen zodat je iets zult hebben om uit te spelen. De Inventionen van Bach, zijn heel mooi, heel geschikt ook voor kerkorgel. Neem maar mee en ga maar naar huis. Ze weten thuis toch niet dat je hier bent, nietwaar?'

'Nee,' zei hij.

'Best zo. Vertel ze maar niets. Ze hebben vast iets tegen mij, denk ik. Moet je maar eens voorzichtig vragen. Doe maar niet eigenlijk, dat is niets voor je.'

Het vooruitzicht op het orgel te mogen spelen was zo opwindend dat hij aan niets anders meer dacht. Dagelijks speelde hij op het harmonium de tweestemmige Inventionen van Bach, ondanks de soms verbaasde protesten van zijn moeder. Hij verwonderde zich over hun onnozelheid. Hij had ze verteld dat hij de muziek leende van Jan en dat hij dit ook van Jan geleerd had en ze twijfelden niet aan zijn leugens.

Jan was nog nooit bij hem thuis geweest, hij hoefde niet bang te zijn voor ontdekking. Maar zijn moeder mopperde op de muziek van Bach, waarvan zij zei hoofdpijn te krijgen. Zijn vader nam hem in bescherming tegen haar aanvallen.

'Als hij zo doorgaat zal hij spoedig in de dienst kunnen spelen. Is altijd beter dan de beroerde organist die we nu hebben.'

Hij stoorde zich niet aan de bezwaren van zijn moeder. Hij speelde op zondagavond ook de psalmen bij het wekelijks zanguurtje en omdat het zingen zoveel beter klonk dan als zijn vader achter het instrument plaats nam waren zijn ouders mild gestemd wat zijn oefeningen betrof. Voor hemzelf was de muziek een voortdurende vreugde. De afwisseling van de stemmen in de linker- en rechterhand, de dialoog tussen beide stemmen, die zo uitermate kunstig en welhaast wiskundig precies geconstrueerd was, gaf hem een intens gevoel van bevrediging zodat hij urenlang uit het bruin gekleurde boek speelde als de anderen niet in huis aanwezig waren. Waarom bevredigde de muziek hem? Het is alsof je een poosje met elkaar vecht en het dan weer goedmaakt en dat prettige gevoel van het goedmaken blijft heel lang bestaan, had hij tegen mijnheer Brikke gezegd, die bij zijn woorden enigszins verbaasd glimlachte. Hij speelde ook de kleine preludiën en fuga's, maar de Inventionen waardeerde hij meer.

'Heeft Bach nog meer Inventionen gecomponeerd?' vroeg hij mijnheer Brikke.

'Nee,' zei Brikke.

'Wat jammer!' zei hij.

'Maar wel veel stukken die op Inventionen lijken,' zei mijnheer Brikke, 'in het Wohltemperiertes Klavier. Er zijn twee delen van, dus maak je maar niet ongerust. Er zijn zoveel mooie dingen om te spelen. Je zou ook eens suites van Bach kunnen spelen. Wat denk je van de Franse suites? Wacht, ik laat je eens iets horen uit de suites.'

'Wel mooi,' zei hij na een gavotte, 'maar niet zo mooi

35

als de Inventionen.'

'Wat ben jij veeleisend! Waarom vind je die Inventionen zo mooi?'

Daarna had hij de opmerking gemaakt, die mijnheer Brikke verbaasd deed glimlachen.

'Ammer, jij eist iets van muziek wat het maar heel zelden kan geven. Niet te veeleisend worden! Dat wreekt zich op den duur.'

Ze luisterden ook veel naar muziek. Hij bleef bij zijn voorliefde voor Mendelssohn en voegde Beethoven toe, terwijl mijnheer Brikke hem gevoelig probeerde te maken voor Mozart, van wie hij sommige dingen mooi vond, andere niet.

'Het is haast al te fijn,' zei hij, 'niet zo woest en vurig als Beethoven.'

Zo naderde de grote dag. Op de grote dag liep hij met Brikke in de najaarszon over de Reegkade. Zouden ze iemand ontmoeten? Het was ditmaal belangrijk. Stel je voor dat ze hem ervan zouden weerhouden naar de kerk te gaan. Maar het gebeurde niet. Ze wandelden rondom de kerk, tot aan de buitendeur van de consistoriekamer. Mijnheer Brikke opende de deur. In de stoffige ruimte hing het zonlicht zwaar omlaag. Ook de lege duisternis van de kerk werd door het doodstille, zware zonlicht verwarmd. De zon scheen op het orgel, op de onbeweeglijke pijpen. Ze glansden mat in het licht. Hij wandelde over de koude stenen vloer, langs de stoelen, langs de preekstoel, door een hoge, brede deur, zodat ze weer uit de kerk waren, een trap op en nogmaals door brede deuren. Ze liepen over de orgelgalerij. Het was donker omdat hoge gordijnen boven de balustrade van de galerij waren aangebracht. Ze stonden stil bij een van de gordijnen en hij keek omlaag in de lege kerk. Daarna stond hij voor de manualen. Mijnheer Brikke sloeg de klep open. Hij drukte op een zwarte knop. Ammer hoorde een zacht gerommel.

'De blaasbalg,' zei mijnheer Brikke. 'Zo, ga maar zitten, speel maar. Wat wil je spelen?'

'Ik weet het niet,' zei hij, dodelijk nerveus en tegelijkertijd zo opgewonden, zo volkomen buiten zichzelf omdat hij nu op een echt kerkorgel mocht spelen dat hij zijn trillende vingers bijna niet op de toetsen leggen kon. Hij ademde diep. Hij drukte zijn vingers omlaag. Een donderend geluid weerklonk. Verschrikt haalde hij zijn vingers van de toetsen. Mijnheer Brikke lachte. Hij drukte op een rood knopje, dat tussen de manualen was aangebracht.

'Dat was het volle werk,' zei hij, 'ik was vergeten het uit te zetten.'

Hij schoof een paar registers open.

'Speel nu maar een inventio,' zei Brikke.

Hij zette het boek voor zich neer. Het lukte hem nauwelijks de dertiende inventio te vinden. Eindelijk speelde hij. Hij speelde. Zijn vingers gleden buiten hem om over de toetsen. Zonder het te merken speelde hij uit het hoofd en hij keek naar mijnheer Brikke, die opzij van hem stond en hem aankeek met één van zijn ogen, zo vriendelijk als hij nog niet eerder gekeken had. Hoe vreemd was het om op een kerkorgel te spelen! Het leek of hij de toon niet zelf voortbracht, zo ver weg klonk het geluid, zo ijl, zo onbepaald. Na de dertiende inventio speelde hij de eerste, daarna met volle registratie een preludium uit de kleine preludia en terwijl het geluid, waarvan hij het gevoel had dat het niet door hem werd voortgebracht, opklonk en hem omsloot als een dichte muur, zo groots, zo verbijsterend was het, voelde hij de tranen, die hem bij het spel niet hinderden, nog niet, **tot** hij luid huilend achterover leunde en de krampachtige opwinding in hem vervloeide. De arm van mijnheer Brikke lag op zijn schouder en de stem klonk van heel ver: 'Maar, Ammer, wat is dat nu, je bent dertien en dan nog huilen! Wat is er?'

Hij zat daar voor het zwijgende orgel. Hij boog het hoofd opzij, zodat het tegen mijnheer Brikkes schouder rustte. Mijnheer Brikke streelde hem over het hoofd.

'Kom, Ammer, beheers je...'

Hij probeerde te glimlachen, wat nauwelijks gelukte. Hij liet zich meevoeren naar een ruimte achter het orgel, waar een paar oude fauteuils stonden en een lamp met een groene kap. Mijnheer Brikke haalde een glas water voor hem en daarna zat hij stil voor zich uit te kijken, wat beschaamd om het huilen. Overal zag hij muziek, op een van de oude fauteuils, op een kastje naast de groene lamp, op de vloer.

'Blijf maar even zitten. Ik zal iets rustigs voor je spelen,' zei mijnheer Brikke.

Hij luisterde naar de klanken van het orgel. Hij wreef met zijn handen in zijn oogholten, die pijnlijk prikten. Toch voelde hij zich al rustiger en hij luisterde nu bewust naar de muziek.

'Vond je het mooi? Dat was de Pastorale van Franck.'

'Ik weet het niet,' zei hij.

'Ik had niet gedacht dat je zo onder de indruk zou zijn. Kun je nu weer spelen, denk je? Ik had nog een verrassing voor je. Vandaag wilde ik je de eerste kerkorgelles geven.'

'Ben ik al zover?' vroeg hij.

'Jazeker, zover ben je al. Je wilt toch wel? Natuurlijk wil je.'

Opnieuw zat hij achter het orgel en speelde hij voor de eerste maal met zijn voeten, zeer langzaam nog, zeer onzeker. Ze bespraken een pedaaloefening, daarna een preludium met een heel eenvoudige stem in het pedaal, uit de achtste Petersband van Bach.

Na het verlaten van de kerk liepen ze over de Reegkade en zelfs mijnheer Brikke zweeg, glimlachte alleen maar: een glimlach die hij nooit eerder gezien had, zonder de wrange, haast bittere plooi bij de mondhoeken, maar ontspannen, tevreden.

II

'Ik kan het mezelf wel leren,' zei hij hoopvol.

'Zo, denk je dat,' zei zijn vader.

'O, vast wel.'

'Je zou het in elk geval kunnen proberen. We kunnen best een andere organist gebruiken, het moet al heel slecht zijn wil het slechter zijn dan het gepruts van die man. Hij moet ook nog van elders komen. Op de Dag des Heren reist hij met de trein, hoewel hij makkelijk zou kunnen fietsen. En hij speelt te snel. Alsof snel zingen den Heere welgevallig kan zijn! Oneerbiedig is het! Heel goed als jij het leert. Desnoods neem je les, al zal je moeder wel bezwaar maken. Morgen moet je me maar waarschuwen en misschien kun je dan op het orgel spelen voordat de vergadering begint.'

Op deze wijze was het mogelijk geworden in hun eigen kerk te oefenen, zodat hij niet allerlei leugens behoefde te bedenken om naar de hervormde kerk te gaan en ook de angst om betrapt te worden minder sterk was, al zou dat wel nooit geheel verdwijnen, omdat hij elke week eenmaal met mijnheer Brikke over de Reegkade liep, zelfs tweemaal: voor en na de les.

Maar de Reegkade was misschien wel de meest verlaten kade in de stad evenals het kerkplein, dat hij bereikte zodra hij van de Reegkade komend naar de hervormde kerk liep. Tijdens de lessen was het nerveuze enthousiasme omdat hij orgel speelde nog aanwezig. Naarmate hij vooruitging verdween de nervositeit om plaats te maken voor een soort ongrijpbaar geluk dat hem in zekere zin afsloot van de buitenwereld omdat het een geheim geluk van hemzelf was. Weliswaar deelde mijnheer Brikke in het plezier van het orgelspelen, maar ook hij stond buiten het diep in hem aanwezige geluksgevoel, dat zich niet liet intimideren, niet door de aanpassingsmoeilijkheden op het lyceum, niet door de weinig zachtzinnige houding en het onaangename optreden van zijn moeder, zelfs niet door de nu vaak optredende sombere buien van mijnheer Brikke, die hij geduldig verdroeg.

Eerst na de uitvoering van Le Nozze di Figaro, die mijnheer Brikke en hij bijwoonden, werd een nieuw element aan het gevoel toegevoegd, een soort angst dat het niet altijd zo blijven zou, omdat mijnheer Brikke een vreemde man was.

Later zou hij, als hij terugdacht aan de woensdagavond van de opera, de lichtreclames opnieuw voor zich zien, zoals hij ze zag nadat ze het station Rotterdam-Delftse poort verlaten hadden en door de leegte liepen. Grote vlakten met onkruid, begrensd door half afgebouwde winkels en huizen. Nooit eerder was hij bij avond in Rotterdam geweest en de overvloedige lichtreclames hadden een geweldige indruk op hem gemaakt, misschien zelfs meer dan de opera later. Hij had tijdens de wandeling naar het gebouw waar de opera werd gegeven herhaaldelijk omgezien naar de reclames, het rode en groene licht, aan- en uitflitsend. Maar ze gingen niet in de richting van het licht, helaas.

In het gebouw was de onrust en het geroezemoes van

de binnenkomende mensen een vertrouwder ervaring. Het leek op de sfeer voordat de kerkdienst begonnen was en zelfs de gesprekken over de zangers en zangeressen herinnerden hem aan de zo vaak gehoorde gesprekken over de kwaliteiten van verschillende dominees. Mijnheer Brikke was ongewoon stil. Hij staarde naar de meisjes in zwarte jurkjes, die aanwijzingen gaven over de plaatsen en vroeg aan mijnheer Brikke of de plaatsen hier niet vrij waren zoals in de kerk. Hij kreeg nauwelijks antwoord. Hij voelde zich angstig gespannen om wat komen zou. Hij vergat even de lichtreclames en zelfs het schuldgevoel omdat hij een opera bezocht toen hij voor de eerste maal het orkest hoorde. Opera is zondig, het is verkeerd, wist hij. Hij herinnerde zich een preek van zijn vader over een tekst uit een psalm: 'Ik wil liever staan aan de drempel van het huis van mijn God dan verblijven in de tenten der goddeloosheid.' Nu was hij in een tent der goddeloosheid, waarvoor zijn vader gewaarschuwd had: 'Jongen, meisje, als je weggeroepen wordt uit de bioscoop of het theater of het circus of de schouwburg en je verschijnt voor de levende God wat zul jij dan antwoorden op zijn vraag: mijn gedoopt kind waar was je? Je zult Hem, de Koning van het heelal, moeten antwoorden: in de bioscoop, Here, of waar je op dat moment was. En de levende God zal zeggen: Ga weg van mij, gij ontrouwe dienstknecht, gij die de weg geweten hebt en hem niet gegaan zijt, ga weg naar de buitenste duisternis waar het geween zal zijn en de knersing der tanden.'

Hij herinnerde zich de woorden heel goed. Maar ondanks zijn vader genoot hij van de muziek of misschien wel dank zij de woorden van zijn vader. Muziek kan niet slecht zijn, dacht hij, het kan niet. De muziek was heel mooi, veel mooier dan een plaat ooit zijn kon, leek hem.

Het verhaal ontging hem. Mijnheer Brikke had het hem, voordat ze hier waren, verteld. Maar het werd in het Italiaans gezongen. Vooral de rol van de page Cherubino begreep hij niet. Hij kon zien en vooral horen dat het een meisje was, een jonge sopraan. Moest zij voor jongen spelen? Nadat het meisje een oudere vrouw had toegezongen dat zij van haar hield (hij begreep dat dat het zijn moest), zat hij verwonderd naar het schouwspel te staren, zich nauwelijks bewust van de hand van mijnheer Brikke, die op zijn knie rustte.

'Vond je het mooi?' vroeg mijnheer Brikke, toen ze in de duisternis (maar nog altijd flitsten de lichtreclames aan en uit en het was geweldig om naar op te zien) naar het station wandelden.

'Ja,' zei hij. 'Ik begreep het verhaal niet zo goed, maar de muziek vond ik prachtig.'

'Begreep je het verhaal niet? En ik had het je nog wel verteld, nietwaar? Waarom begreep je het niet?'

'Dat meisje,' zei hij vaag.

'O, Cherubino,' zei mijnheer Brikke. 'Dat is een sopraan die voor jongen speelt, zie je, een page die verliefd is op een oudere vrouw, een gravin.'

'O,' zei hij.

'Maar,' zei mijnheer Brikke, 'eigenlijk is het toch een meisje, zou het best een meisje hebben kunnen zijn.' (Zijn stem klonk plotseling hartstochtelijk.) 'Mozart heeft dat niet goed begrepen, of ja, toch wel, want dat blijkt uit de muziek. Het is een meisje, zie je, het is liefde die niet normaal is, nee wel normaal, wel normaal. Zij houdt van de gravin en de gravin houdt van haar, het is een echte liefde van twee vrouwen voor elkaar. Ja, dat begrijp je niet, nog niet, maar je zult het begrijpen, nietwaar, dat een ouder iemand van een jonger iemand houdt en omgekeerd, zoals dat meisje van de gravin

42

houdt. En het is zo uitzichtloos, zo zonder toekomst. Het is alleen maar liefde en dat hoor je ook aan de prachtige muziek. Voi che sapete is de muziek voor alle mensen die zo zijn als het meisje Cherubino, want het is een meisje. Ik zeg je dat het een meisje is. En altijd is het hetzelfde, altijd. Ze houden van elkaar, maar er kan niets gebeuren, iedereen staat ze in de weg om van elkaar te houden en als ze toch van elkaar houden, zijn er dadelijk honderd, duizend mensen die zeggen dat het niet mag, dat het tegennatuurlijk is, terwijl het echt is en zuiver en gewoon menselijk en helemaal niet onnatuurlijk, maar heel natuurlijk, natuurlijk. Zie je, ik wil dat je dat begrijpt: dat het natuurlijk is, dat het gewoon is. Je begrijpt het, nietwaar.'

Hij keek op, verwonderd over de wrange, bittere klank van de stem van mijnheer Brikke. Waarover sprak mijnheer Brikke? Hij begreep het niet.

'Je begrijpt het niet,' zei mijnheer Brikke. 'Ik zie het. Maar je zult het begrijpen, eens, al spoedig. Dan zul je aan me terugdenken en je zult zeggen: mijnheer Brikke had gelijk. O, dat zul je zeker zeggen, want je bent net zo'n jongen als ik was. We zijn... we lijken veel op elkaar. Arm kind. Je bent nog echt een kind, al ben je dertien. Je zult het moeilijk hebben, net als ik. Je bent ook christelijk opgevoed. Je zult last hebben van schuldgevoelens omdat ze zeggen dat het zondig is en je zult toch niet anders kunnen, nooit anders kunnen, net als ik. Trek het je niet aan, hoor. Ik zeg maar wat. Het is allemaal onzin. Misschien ben je wel heel normaal. Maar ik geloof het niet. Weet je wat je moet doen: veel naar de meisjes kijken. Maar je zult aan me terugdenken, later, ook als je normaal bent. Dat zal je doen, nietwaar? Als je iemand ontmoet zoals ik zal je vriendelijk voor hem wezen en niet dadelijk over zonde beginnen, dat zal je niet doen.'

43

Hij verbaasde zich over de met zoveel hartstocht uitgesproken woorden. Waarom zou hij net zo zijn als mijnheer Brikke? Waarom zou hij niet normaal zijn? Hij wist het niet. Hij liet de woorden aan zich voorbijgaan, vaag beangst door de voorspelling dat hij het moeilijk zou krijgen, maar niet echt verontrust. De woorden waren te onbegrijpelijk, te duister om verontrusting op te wekken. Hij kon zelfs de betekenis van de woorden niet raden, wilde de betekenis ook niet raden. Hij was niet nieuwsgierig. Hij voelde zich heerlijk rustig. In de vochtige nachtlucht wandelden ze in de richting van het station. Ze ontwaarden soms mensen in de duisternis, die net zoals zij in de richting van het station liepen. Zouden ze thuis iets merken? Vader had een vergadering, moeder ook. Zouden ze al thuis zijn? Hij zou hun iets vertellen over het schoolfeest. Het geheim, het leiden van een dubbel leven was eigenlijk alleen maar prettig, ondanks de angst voor ontdekking. Morgen zou hij weer naar het lyceum gaan. Er zou niets veranderen, ondanks de opera van Mozart, ondanks de onvergetelijke lichtreclames, ondanks de bezwering van mijnheer Brikke die somber en zwijgend voor zich uit staarde, ook later in de trein. Zijn vader en moeder waren inderdaad nog niet thuis. Zelfs zijn zusje was niet thuis. Werkte ze niet mee aan een bazaar voor een rusthuis? Hij voelde zich los van zijn familie. Ze hielden niet van muziek. Hij zou nooit zo gaan leven, met vergaderingen, verenigingen, bazaars, evangelisatiewerk. Allemaal werk voor de kerk. En had hij niet onlangs, toen zijn vader voor de zoveelste maal over de knapenvereniging begon, zo beslist gezegd: 'Nee, nu nog niet,' dat zijn vader geen weerwoord had gehad? Natuurlijk: hij zou er niet aan ontkomen, maar dat behoorde bij de toekomst. Hij zou er zich niet ongerust over maken. Hij dacht ook na over de woorden van mijnheer

Brikke en plotseling voelde hij zich bang. Mijnheer Brikke had gezegd: 'Kom zondag bij me, dan gaan we samen naar de kerk en dan kun je op het orgel de dienst bijwonen. Lijkt je dat niet leuk?'

'Weet je waar je heel christelijke mensen aan herkent?' vroeg mijnheer Brikke.

'Nee,' zei hij.

'Aan hun manier van bidden.'

'Hoe bidden ze dan?' vroeg hij.

'Met hun ogen open. Eerst even de ogen dichtdoen, daarna kijken en vlak voor het amen de ogen weer dichtdoen. Zo gaat dat. Kijk maar eens als er gebeden wordt.'

'Zo bidt mijn moeder,' zei hij.

'Nu, zie je wel. Ik zei het je, nietwaar? Maar hoe weet je dat? Kijk jij onder het bidden?'

'Soms,' zei hij.

'Dat mag niet,' zei mijnheer Brikke, 'waarom doe je dat?'

'Zo maar. Vroeger keek ik omdat, nou ja, omdat ze me vertelden dat er een engel was die je gebed opschreef en dat bij God bracht.'

'Keek je dan naar de engel? Zag je de engel?'

'Eerst durfde ik niet te kijken,' zei hij, 'maar later wel en toen was er natuurlijk geen engel.'

'Ze hadden je beduveld. Onbeschoft om een kind zo voor de gek te houden met engelen en duivelen en de hele santekraam. Over de duivel hebben ze zeker ook heel wat verteld?'

'Ja,' zei hij. 'Vroeger was er eens een dominee die over de duivel preekte. Mijn vader was toen ziek. Hij zei dat je vooral moest oppassen als je naar de kerk ging. De duivel liep vaak naast je, zei de dominee, in een vermomming. Je moest bij voorbeeld oppassen voor de koster, dat kon best de duivel zijn.'

'Zei hij dat, zei hij dat echt?'

'Ja, en daarna dacht ik dat de koster de duivel was. Ik begreep niet waarom ze hem niet uit de kerk gooiden. Ik begreep het verhaal niet goed.'

Mijnheer Brikke lachte, niet luidop, zacht voor zich heen. Beneden in de kerk zouden de mensen het gelach kunnen horen. Hij hoorde de eentonige maar hier op de orgelgalerij onverstaanbare stem van de dominee, het kuchen van de mensen, het geschuifel van de voeten. Mijnheer Brikke zat tegenover hem in het licht van de lamp met de donkergroene kap. Aan het orgel was een luidspreker bevestigd. Bij het begin van de dienst had mijnheer Brikke de luidspreker aangezet, maar zodra de preek begon had hij het geluid weggedraaid.

'We hebben al genoeg preken gehoord, nietwaar? Het onversneden woord van God is nog te verdragen, maar die preken volstrekt niet. Of wil jij het horen?'

Hoe zou hij nog ja hebben kunnen zeggen na de woorden van mijnheer Brikke? Hij had daar gezeten, luisterend naar mijnheer Brikke.

'Het is altijd zo gezellig,' zei mijnheer Brikke. 'Met Kees heb ik het zo goed kunnen vinden. En met jou kan ik het nog beter vinden, nietwaar?'

'Was Kees ook een leerling?' vroeg hij.

'Nee, ja, nee, niet precies. Gewoon een aardige jongen, die graag bij me op het orgel wilde zitten.'

'O,' zei hij.

'Zal ik weer eens een concert geven, Ammer? Ben wel niet zo goed meer als jaren terug, maar het zal nog best gaan, nietwaar?'

'Dat zal...'

'...niet meer gaan, wil je zeggen. Zeg het maar eerlijk, ik wil het wel weten.'

'Nee, dat wilde ik niet zeggen, maar juist dat het fijn zou zijn.'

'Ja, ja, ik geloof er niets van. Maar ik neem het je helemaal niet kwalijk. Mijn vingers zijn stram, mijn ogen...'

'Ik meende echt dat...' zei hij ongelukkig.

'Nu, goed, mijn jongen, dan wel. Zal ik het doen?'

'Ja,' zei hij.

'Ken je de naam Schweitzer?' vroeg mijnheer Brikke.

'Albert Schweitzer, de dokter uit Duitsland, die naar Lambarene is gegaan.'

'Juist, ja, jij weet alles. Hij is wel eens in Holland geweest, die Schweitzer. Waar jij nu zit heeft hij gezeten en hij heeft zelfs een voorwoord geschreven voor een boek van mij.'

'Een voorwoord? Schweitzer heeft hier gezeten?' riep hij verbaasd uit.

'Ja, heus waar. Hij was op tournee door Holland. Ik heb hem eigen composities voorgespeeld, koraalvoorspelen, kijk...'

Mijnheer Brikke rommelde in zijn muziek. Na enige tijd verscheen een groot, zwart boek. Brikke sloeg het boek open. Hij hield het voor hem, zodat hij de gotische letters lezen kon: Willem Brikke, Koraalvoorspelen, daarna het voorwoord, waaronder inderdaad de naam van dr. Albert Schweitzer stond.

'Zou ik nu niet meer kunnen componeren. Heb het verleerd. Maar hier ben ik trots op. Straks laat ik je iets horen. O, ja, Schweitzer was wel op mij gesteld. Ik reisde met hem door het land. Hij gaf concerten, weet je wel. Overal Bach. Maar hij werd moe van de concerten. Dan zei hij tegen mij: Willem, ga jij vanavond maar op het orgel en dan ging hij op een donker plekje in de kerk zitten en de kranten schreven: "Prachtig spel van Albert Schweitzer" en dat was ik dan. Dat was groots. Ik zal het nooit vergeten. We waren op die tournee ook in Vlissingen en we zaten op zondag na de kerkdienst koffie te drinken. Komt er een groep mensen door de straat. Demonstratie tegen de dienstplicht. De dominee van Vlissingen zei: "Ben ik ook voor, geen dienstplicht, maar pacifisme net als Gandhi." Maar Schweitzer zei: "Toen Gandhi in Afrika was heeft hij militair optreden wel goedgekeurd." Ja, maak zo iemand maar eens wat wijs. Hij weet alles beter. Doctor in de godgeleerdheid, in de wijsbegeerte, in de medicijnen. Maar toch heeft hij een voorwoord geschreven voor mijn boek en...'

Het belletje. De preek was afgelopen. Mijnheer Brikke haastte zich naar de orgelbank. Hij liep achter mijnheer Brikke. Hij stond in het licht van de lamp boven de manualen. Hij keek naar het strenge, gerimpeld gezicht van mijnheer Brikke, die zeer krachtig een koraalmelodie uit het orgel sloeg. Zo zou hij later ook zitten, niet hier misschien, elders. Maar hij zou wel naar de preek luisteren.

'Meedoen,' zei mijnheer Brikke. 'Bij een vergelijkend examen moet je de beste kunnen zijn. Mooie kans voor ons. Ik zit ook in de examencommissie, had je niet gedacht, nietwaar? Na afloop kan ik tegen je vader zeggen: wel goed, maar heeft nog les nodig. Wil ik hem geven. Doen we, nietwaar?'

'Zit u in de commissie?'

'Ja, niet dank zij je vader. Maar ze hebben nu eenmaal een organist nodig in de commissie. Ze weten niemand anders, denk ik. Doe je best. Je kunt het. Zie je, je hebt iets in je spel, iets bijzonders, dat is het. Maar nooit in de muziek gaan! Dat beloof je, nietwaar.'

Hij bereidde zich voor op het examen. De organist van hun kerk had ontslag genomen. Maar op de dag van het examen was hij ziek. Niettemin speelde hij het opgegeven koraal, rillend van koorts, het preludium van Bach en improviseerde hij over een koraalthema. Een ouder iemand, onderwijzer, deed het niet minder goed dan hij. De commissie besloot hen beiden aan te stellen, zodat ze afwisselend in de morgen- en middagdiensten konden spelen. Hij hoorde het later. Zijn vader zat naast zijn bed en vertelde het hem.

'Met Brikke is te praten,' zei zijn vader. 'Hij wil je les geven op het orgel van de hervormde kerk. Hij vraagt geen onredelijke prijs. Ik vind het goed. Hij heeft ook aangeboden je de diensten op het orgel te laten bijwonen om het vak goed te leren. Ik vind dat nogal bezwaarlijk, vanwege Brikke. Laat ik je terdege waarschuwen voor die man. Ik ken hem goed. Hij is niet getrouwd, beetje zonderling. Van huis uit gereformeerd. Zijn vader en moeder vreesden den Heere. Maar hij zet de huik naar de wind. Daar wil ik je op wijzen! Ritmisch zingen: wel in de hervormde kerk, niet bij ons. Wat zegt Brikke? Ik word hervormd. Zo is die man. Een hovaardige! Stoor je niet aan zijn praatjes. Luister niet naar hem. Probeer van hem zoveel mogelijk te leren, maar sluit je oren voor zijn woorden. Is dat afgesproken?'

Hij luisterde naar zijn vader, die over iemand sprak die hij niet kende. Hij knikte. Met mijnheer Brikke kon hij de woorden niet in verband brengen, mijnheer Brikke was niet zonderling, alleen maar anders. Hij voelde zich altijd prettig bij mijnheer Brikke, ook al was nog altijd die geheimzinnige, maar ook wat plezierige huivering aanwezig om de blik met één oog, zoals vroeger. Hij zou de blik, de wat slepende, vaak mopperende stem en de gedrongen gestalte moeilijk kunnen missen. Wat hem stoorde was het 'heidens' gepraat van mijnheer Brikke, al was ook dat passend, behorend bij het anders zijn, bij de wereld van de muziek. Het was niet meer nodig iets te bedenken om les te krijgen, noch ook om op het orgel te zijn tijdens de kerkdiensten. Zo was het beter. Toch had de geheimzinnigheid iets bekoorlijks, iets wat hij missen zou en waardoor er een verandering zou zijn.

Was het door die verandering dat hij zich bewust werd van iets onaangenaams? Hoe vaak hadden ze hier al niet voor de hoge kast met de muziek gestaan. Mijnheer Brikke zocht iets voor hem. Uit de kast was de meest wonderlijke muziek te voorschijn gekomen, zelfs piano-uittreksels van opera's van Wagner.

'Mag niemand weten dat dat hier ligt,' zei mijnheer Brikke. Nu zochten ze naar het Wohltemperiertes Klavier van Bach. Hij had ook de driestemmige Inventionen geoefend. Nu zou hij uit het eerste van de twee boeken met preludia en fuga's gaan spelen.

'We beginnen met deel één, al is het tweede deel misschien zelfs iets gemakkelijker. Maar we moeten toch ergens beginnen, nietwaar? Ik vind het geweldig om er uit te gaan spelen met je. Kom er met de pianoleerlingen nooit aan toe, terwijl het zulke prachtige werken zijn.'

Mijnheer Brikke had een arm over zijn schouder gelegd. Als hij zich bukte moesten ze samen bukken. Met de andere arm, hand, zocht hij tussen de stapels muziek.

'Hier is het niet,' zei mijnheer Brikke. Hij trok de hand terug en streek even langs zijn dijen. Hij voelde de aanraking van de hand van mijnheer Brikke. Het was vreemd en onaangenaam. Maar de hand was al tussen de stapels muziek. Ook ditmaal niet het wtk. Nogmaals het strelen van de hand, vluchtig maar onmiskenbaar en door de herhaling minder toevallig dan zoëven. Niet op letten, dacht hij. Voorzichtig trok hij ook een stapel muziek uit de kast. Mijnheer Brikke worstelde zich moeizaam door een andere stapel muziek. Hij keek bijna alle boeken even in, bladerde vaak, zodat het niet snel ging en gaf luidruchtig zijn commentaar bij elke titel die hij terzijde legde.

'Schubert, sonates. Grootse werken, te lang, maar goudmijnen, waarin je moet graven, zevend naar goud. Hier Schumann, altijd een kind gebleven, nietwaar, maar wat een kind! Brahms, rommel, ook sonates. Hoornblazer, die dacht te kunnen componeren.'

'Brahms was toch pianist?' vroeg hij voorzichtig.

'Ja, ja, dat is juist. Maar ik bedoel iets anders. De muziek van Brahms, zie je, dat is allemaal muziek van een weemoedige hoornblazer. Ik denk altijd dat hij zijn invallen vond op de hoorn en ze daarna aan andere instrumenten toevertrouwde. Hij kon maar niet loskomen van dat instrument. Wat hebben we hier? Jeugdalbum van Tsjaikowski. Muzikale strompelaar. En dat? Debussy. Veel te moeilijk. Grote geest. Na Mozart en Bach de grootste componist, hoewel Schubert... Etudes, prachtig. Wou dat ik dat kon spelen. Waar is Bach? Vervloekt, waar heb ik het gelaten? Niet uitgeleend, dat weet ik zeker. Deze stapel misschien? Hier, Beethoven, Sonates. Olifanten trompetteren ook wel eens met hun slurf, maar is ook geen muziek. Gooi maar weg, Beethoven. (Mijnheer Brikke legde de sonates zorgvuldig bij de andere muziek.) 'En dit? Haydn. Houden we apart. Kunnen we ook uit oefenen. Juweeltjes, die sonates. Mozart, sonates. Prachtige werken...'

'Bestaat er ook lelijke muziek van Mozart?' vroeg hij.

'Nee, volstrekt niet. Zou je niet eens hoeven vragen. Wel gelegenheidswerken, natuurlijk, zesentwintigste pianoconcert, waarin de beren broodjes smeren, maar niet lelijk. Beetje leeg, misschien, dat werk. Mozart is nooit lelijk, kan niet lelijk zijn. Altijd boeiend. Kunnen we ook uit spelen. Daar is het. Bach. WTK deel twee. Nu deel een nog. Waarom ligt dat niet hier? Heb het hier toch neergelegd. Scarlatti. Grappige muziek. Iets voor na de kerkdienst, zijn alle ouderlingen boos. Veel te licht, te vrolijk en hier...'

Mijnheer Brikke zweeg. Hij staarde verrukt naar een oud groen boek. Kunst der Fuge van Bach.

'Dat is het hoogste,' mompelde hij. 'De top van alle muziek. Mooier nog dan Mozart, haast te mooi. Kun je je voorstellen, nietwaar. Je bent zo geniaal, dat je muziek te prachtig is om nog door gewone stervelingen begrepen te worden. Dat is deze muziek. Maar jij zult het begrijpen, nietwaar? Jij bent zo goed. Eindelijk.'

Mijnheer Brikke hield het eerste deel van het WTK in zijn handen. Het was oud. Op het vergeelde papier stond: 'Willem Brikke' in schuin, lang handschrift.

'We gaan er dadelijk uit spelen,' zei mijnheer Brikke.

Ze liepen naar de piano. Met moeite konden ze het boek op het leesplankje zetten. Telkens vielen bladzijden omlaag. Stof en kleine, vergeelde papiersnippers dwarrelden neer.

'Begin maar,' zei mijnheer Brikke.

Hij speelde het eerste preludium, eerst vol verwachting, daarna teleurgesteld omdat er geen melodie was, alleen maar gebroken akkoorden en omdat het zo weinig leek op een van de Inventionen.

'Deze muziek gaat over het opgaan van de zon,' zei mijnheer Brikke. 'De stilte van de morgen. Alles is nog vredig, rustig, zo voel jij het ook nietwaar?'

Nadat hij het preludium had beëindigd, speelde mijnheer Brikke voor uit het boek.

'Hier, de prelude in E groot, soort Pastorale, luister maar.' Toen hij de melodie hoorde, werd hij vaag herinnerd aan iets van lang geleden, hij wist niet wat. Bij de herhaling van de beginmelodie werd de herinnering duidelijker: de kerkdienst met Jan Bent-Beukom.

'Dat is... dat lijkt een beetje op... wat u toen speelde op zondagmiddag.'

'Op zondagmiddag, wanneer?'

'Toen ik u voor het eerst hoorde spelen. Weet u wel, dat stuk wat ik zo mooi vond. Dit lijkt erop. Weet u dan niet wat het zijn kan?'

'Nee, kan zoveel zijn, nietwaar?'

Mijnheer Brikke speelde. Hij zat naast de piano in het zonlicht van de late namiddag. Er was iets. Het strelen? Waarom vond hij het vreemd? Mijnheer Brikke had geen kinderen. Zijn vader streelde hem vroeger toch ook vaak? Soms zelfs nu nog wel. Maar nooit over zijn benen, altijd over zijn haar. Misschien was het verschillend, streelde ieder mens anders. Niet nadenken, luisteren.

Bij de spoorbomen had hij de aanvechting om over de witte rand te lopen. Het bleef vanzelfsprekend bij de aanvechting. Hij was immers nu te oud om zo iets nog te doen. Te oud? Hij was zich scherp bewust van iets anders. Voor mijnheer Brikke was hij nog altijd zo oud als toen ze elkaar hier voor de eerste maal gezien hadden. En zo gedroeg hij zich ook. Voelde hij zich om die reden misschien de laatste tijd onprettig in het gezelschap van mijnheer Brikke? Hij zou zich anders, minder bedeesd, minder verlegen moeten gedragen. Hij was immers niet zo verlegen.

Bij de eerstvolgende les probeerde hij minder schuw op te treden. Het lukte beter dan hij gedacht had. Maar de reactie van mijnheer Brikke op een vrijmoedige opmerking was zo onverwacht, dat het hem verblufte.

'Zo, je bent nu al wat ouder, nietwaar Ammer? Doe je het wel eens, heb je wel eens gespeeld met... Ja, je hoeft mij niet te antwoorden hoor. Wij hadden op die leeftijd een vooruitstrevende dominee. Hij zei op catechisatie altijd: "Het is een goede vriend, waarmee je moet vechten." Is dat niet prachtig gezegd? Maar... Hoe is het bij jou? Ik mag het toch wel weten, nietwaar? Ik ben toch zo iets als je beste vriend, je tweede vader?'

Hij wendde zich af van de blik uit één oog. Hij staarde naar in de wind bewegende touwen in de masten van een schip dat in de Reeg lag. Op de touwen zaten de eerste zwaluwen. Over het water vlogen de krijsende meeuwen. Terwijl hij zich traag omwendde naar de blik, die zo onbehaaglijk gespleten was, vermande hij zich en besloot iets te vertellen, niet alles. Hij had dadelijk beseft waar mijnheer Brikke op doelde, zonder dat hij er ooit met iemand over gesproken had, behalve met zijn moeder, lang geleden, toen hij in de eerste klas van de lagere school zat. Hij herinnerde het zich scherp: schuin zittend op een stoel had hij, terwijl zijn moeder binnentrad met de dampende soep en de warme melk voor de maag van zijn vader, juist dat heerlijke warme gevoel gehad waarvan hij bijna opsprong en dat hij bereikte na langdurig wrijven. Zijn moeder had het gezien: zijn hand in de zak van zijn broek, het heftig heen en weer gaan van de hand. Ze had de soep, de melk neergezet en had hem geslagen, geknepen en gegild: 'Wil je dat laten. Daar zal je ruggemerg van uitdrogen. Daarna ga je dood, versta je me me, Ammer.'

Niet meer. Ook later niet. Hoe lang had hij het toen niet gedaan? Minstens zes jaar niet. Pas op het gymnasium was het teruggekeerd, zonder dat hij er in het begin zelf aan te pas kwam. Als hij een beurt verwachtte begon het warme gevoel en soms voordat, meestal nadat hij zijn naam hoorde noemen kwam het, terwijl hij liep, omdat hij liep. Later hielp hij met zijn hand om het eerder te hebben, nog voordat hij de bank uit was. Dat was prettiger. Hij dacht aan die beurten. Maar ook zonder de verwachting van een beurt gebeurde het wel en hij zei: 'Soms.'

'Ze vertelden mij,' zei mijnheer Brikke, 'dat je er ziek van werd, dat je bloed uit elkaar viel. Ik was erg bang. Maar ze liegen. Je krijgt er niets van. Moet je van me aannemen, Ammer! Gebeurt niets met je. Niet te vaak doen, hoor. Zo één keer in de week. Beloof je, nietwaar. Moet je me ook iets anders vertellen. Kijk je al naar een meisje? Verlang je naar, nietwaar? Je wilt ze omhelzen, je wilt hun harde prille borstjes tegen je aanvoelen...'

Hij antwoordde niet. Hij wilde mijnheer Brikke niet tegenspreken. Hij wilde niet 'nee' zeggen. Dan zou hij nog elf jaar oud lijken, niet veertien jaar oud. En in de toekomst zou het waar zijn. Hij knikte voorzichtig. Ik lieg niet, dacht hij. Later zal het waar zijn, nu nog niet.

Op het schip in de Reeg gooide een jongen afval overboord. De meeuwen doken schreeuwend over elkaar heen. Hij lachte om de meeuwen. Mijnheer Brikke lachte ook en er was plotseling minder spanning na de toespeling van mijnheer Brikke op iets dat hij niet genoemd had.

'Als er een meisje is, zul je me wel vergeten,' zei mijnheer Brikke. 'Dan heb ik het nakijken, zo gaat dat. Dan word ik overbodig.'

'Nee,' zei hij, 'ik vergeet u niet. Voorlopig heb ik nog geen meisje.'

'Ze willen jou hebben, Ammer, die stevige dijen van je. Wat zullen ze dat prachtig vinden! Of vergis ik me? Heb je geen stevige dijen? Lijkt het zo in je lange broek? Laat mij eens voelen?'

Mijnheer Brikke omvatte zijn dijen met de kromstaande vingers. Hij kneep en betastte de dijen.

'Prima dijen, Ammer. Dat zullen ze geweldig vinden,

reken maar! Volgende keer moet je weer een korte broek aantrekken. Het is nu al bijna zomer. Dan kan ik je dijen ook zien. Let op mijn woorden: ze zullen ze heerlijk vinden.'

Mijnheer Brikke stond rechtop. Hij keek ditmaal minder scheel.

Zijn gezicht was hoogrood en hij glimlachte.

'Nu de les. Wat had je voor vandaag te spelen?'

'Alleen Bach en Haydn, omdat we niet naar de kerk zouden gaan.'

'O, ja juist. WTK en die sonate in G, nietwaar? Ben je al tevreden over het WTK of vind je de Inventionen mooier?'

'Ja,' zei hij, 'ik vind de Inventionen nog mooier.'

'Hoe is het toch mogelijk! Je zweert bij die Inventionen. Ik had je daar nooit mee moeten laten beginnen. Maar wist ik dat je zo met die stukken weg zou lopen, nietwaar?'

'Het zijn geen stukken, het zijn...' Hij zocht naar een ander woord, maar hij kon zo dadelijk niets passends vinden.

'Meesterwerken, zeg maar. Ben het helemaal met je eens, maar deze preludia en fuga's zijn nog mooier, nog beter.'

'Nee,' zei hij. 'Misschien net zo mooi, niet mooier.'

'Maar, Ammer, jongen, wat is er met jou? Je spreekt me waarachtig voortdurend tegen. Dat ben ik helemaal niet van je gewend...'

Terwijl hij in het licht van de beginnende zomer naar huis liep over de Reegkade, vroeg hij zich af of het onaangename verdwenen was. Hij wist het niet. Ditmaal was de les prettig geweest. Hadden ze maar niet gepraat over 'dat'. Zonder 'dat' zou het goed geweest zijn. Hij snoof de geuren op van de late lente. Hij keek naar de

56

zwaluwen die in glijvlucht over het water vlogen, onder de brug door doken. Onbeschrijfelijk grillig was hun vlucht. Hij zou er uren naar kunnen kijken. Dit, dacht hij, is de tijd in het jaar dat je niet weet of het lente of zomer is. Het zou zelfs herfst kunnen zijn. Naamloze tijd. Er was een gevoel van verrukking in hem, dat leek te drijven op het donkere gesprek over de masturbatie, als een sombere bas bij een vrolijke melodie. Hij floot de melodie uit een prelude van Bach. In de Inventionen zijn geen melodieën die zo mooi zijn, dacht hij. Het was een verzoening met mijnheer Brikke, een stap terug ook naar het verleden, naar de gespleten blik in het begin. Hij zou dat verleden niet willen missen. Het hoorde bij hem, bij mijnheer Brikke. Hij zou niet meer zo schuw moeten zijn voor mijnheer Brikke, meer moeten vertellen, over zichzelf vooral. Er was niemand, geen vriend die hij iets over zichzelf vertellen kon zonder dat hij zich schaamde.

'Kan ik dat fluitje niet van je kopen?' riep iemand.

Hij wandelde zonder omzien verder. Maar nauwelijks kon hij de neiging onderdrukken om te huppelen, rare passen te doen, te hollen. Hij keek nogmaals naar de zwaluwen. Nee, het was niet juist dat je niet zien kon welke tijd van het jaar het was. Aan de zwaluwen was het te zien. Het was het begin van de zomer. Aan het eind van de zomer zijn de zwaluwen hoog in de lucht, dacht hij, dus is het nu het begin van de zomer, omdat ze nog laag vliegen. Het begin van de zomer, de zomer. In deze zomer zou er iets anders worden. Maar wat? Bij het onbezorgde gevoel in hem bleef steeds de donkere schaduw rondwaren. Ze hadden niet over 'dat' moeten spreken.

III

Tweemaal had hij al geroepen, staande in de schemerige, vochtige winkel. Een toonbank ontbrak. De rekken waren leeg. Hij voelde zich onbehaaglijk in de koude ruimte.

'Volk,' riep hij.

Hij hoorde een stem nu: 'Loop naar achteren door de gang.'

Hij liep door de smalle gang. Op de vloer lagen blauwe tegels. Het leek alsof ze geluid uitstraalden, het geluid van voetstappen, zijn voetstappen. Hij opende een deur waarvan sommige gekleurde ruitjes gebroken waren. Hij stond in de woonkamer. In een verkleurde stoel zat een man die naar hem loerde. Het geluid van een tikkende hangklok. Bijna donderslagen.

'Wat moet dat?'

'Mag ik... kan hier een plakkaat, een aankondiging van een concert hangen... eh... opgeplakt worden?'

'Laat maar eens zien.'

De man rukte het aanplakbiljet uit zijn handen.

'Zo, geeft Willem weer een nummertje weg? Orgelconcert, werken van Bach...'

De man zweeg. Hij staarde naar Ammer. Het leek of de blik via de bruine tafel naar hem toekroop. De man lichtte handig een stok op van de tafel. Hij sloeg ermee op het biljet.

'Ik ken Willem, zie je. Samen hebben we in de klas gezeten. Beste jongen, beetje eenzelvig. Hij speelde als kind al op het harmonium. Moest een ander voor hem trappen. Hij had nog te korte beentjes. Maar er is iets met Willem.' (Hij tikte driftig met de stok op het aanplakbiljet.) 'We hadden vroeger een rijmpje. Ik geloof dat ik dat jou maar eens moet vertellen. Dan weet je wat voor vlees je in de kuip hebt, moet je maar denken. Willem Brikke laat de meiden stikken. Versta je, stikken, zeg ik.'

De stem van de verlamde man rees en daalde.

'Zo, en jij deelt raambiljetten voor hem uit? Kun je ze nogal kwijt worden? Hier mag er een hangen, geen bezwaar. Geen sterveling zal er een blik op werpen. Maar laat Willem maar hangen.' (Hij lachte kort om het cynische grapje.) 'Hij zal nog eens hangen, dat verzeker ik je, vandaag niet dan morgen. Willem Brikke laat de meiden stikken, maar de jongens niet, hihihi. Doe hem de groeten van me, van ouwe Bart. Zeg hem dat het me spijt dat ik niet kan komen. Moet je weten: ik heb geen verstand van muziek. Zie je die muur?' (Hij wees met zijn stok naar de eens witte, nu beschimmelde muur, die in het grijze licht scheef leek.) 'Geen noot zo groot als de muur kan ik lezen, geen noot. Afijn. Doe Willem de groeten...'

Hij liep door de nauwe gang en bevestigde het oranje biljet aan het raam. Achter zich hoorde hij de man halfluid zingen:

Willem Brikke zal het hem wel flikken.
Willem Brikke zal ze niet aflikken.
Willem Brikke laat de meiden stikken,

het laatste heel luid nu, weergalmend door de benauwde ruimte. Hij opende de winkeldeur. Een schreeuw nog, die hij niet verstond. Hij liep op de Dwarsgracht in de juni-zon, ontstemd door de raadselachtige bespotting van zijn leraar, mijnheer Brikke, niet de eerste de beste, niet zo maar iemand, maar waarover deze man een liedje zong, zelfgemaakt ongetwijfeld en heel onaangenaam. In bijna alle winkels waar hij tot nu toe een biljet had kunnen ophangen of waar het hem geweigerd was, had hij onaangename dingen over mijnheer Brikke te horen gekregen, spottende opmerkingen vooral: 'Oude man, stijve vingers' of 'Orgelconcert voor lege kerk' en het dubbelzinnige 'Hang Brikke maar op' nu driemaal. Het was warm in de zon. Hij besteeg de brede trappen naar de dijk, langs de voorhistorische lantaarns, langs de kerk, waar tegenstanders van de invoering van een andere psalmberijming dan de berijming van Petrus Datheen lang geleden voorstanders van de nieuwe berijming van de galerij hadden gegooid.

Hij betrad een slagerij. Hij ontrolde het raambiljet, zenuwachtiger nog dan zoëven.

'Wat is dat?' vroeg de slager, niet opkijkend van het uitbenen van een onderdeel van een koe.

'Een orgelconcert,' stamelde hij.

'Een wat zeg je?'

'Een orgelconcert.'

'Wie geeft dat? Brikke soms?'

'Ja, mijnheer Brikke.'

'Flikker op met dat plakkaat, flikker op naar die flikker. Maak dat je wegkomt.' (De slager gebaarde driftig met het mes.)

Hij stond al weer op de Laagstraat, liep weg in de richting van de Reegkade, bedacht zich en liep terug over de Laagstraat. Hij wandelde over de Grote kade, talmde voor een donkere steeg waaruit een zurige meelgeur naar buiten walmde. Hij liep de steeg binnen tot aan een donkere inspringende hoek tussen twee gebouwen. Hij verscheurde bedachtzaam de biljetten in zo klein mogelijke snippers. Een biljet hield hij over, dat wilde hij bewaren. Tussen de hobbelige steentjes van de steeg groeide vrij hoog gras. De kleine oranje snippers lagen in het gras. Hij verspreidde de snippers tussen het gras.

Dat was het begin van de vernedering. Weliswaar betrof de vernedering mijnheer Brikke, maar het straalde op hem af en niet alleen tijdens het rondbrengen van de raambiljetten. Mijnheer Brikke repeteerde voor het concert; hij zat naast hem op de orgelbank, registreerde en sloeg de bladzijden om. Vooral in het begin vergiste hij zich vaak, nerveus vanwege de verantwoordelijkheid, ook al luisterde nog niemand. De scheldwoorden bij een vergissing vernederden hem ook. Tussen hem en mijnheer Brikke was plotseling een verwijdering. Hij werd vaker uitgescholden nu, maar nooit erger dan op de avond van het concert. Hij was om zeven uur aanwezig in de hal van de kerk, met wisselgeld en met de kaartjes, die hij afgehaald had van het gemeentehuis. Hij liep door de kerk met een tafeltje om in de hal te plaatsen voor het geld en de kaartjes. Hij hoorde de nu snauwende stem van mijnheer Brikke: 'Schiet op, Ammer! Had je niet eerder kunnen komen? Vooruit schiet op, haast je wat, treuzel niet zo.'

Nietszeggende vermaningen. Hij kon niet harder lopen. In de hal stond een dame. Ze vroeg: 'Hoe laat begint het concert?'

'Om acht uur, mevrouw.'

'Wie zingen er? Welk koor zingt?'

'Er wordt niet gezongen, mevrouw, het is een orgelconcert.'

'Wat zeg je? Wordt er niet gezongen? Dan heb ik me vergist. Goedenavond.'

Hij stond alleen in de hal. Het zonlicht scheen door de kleine ruitjes die hoog in de muur waren aangebracht, gele ruitjes, groene ruitjes. Dit zou hij nooit vergeten. Het zonlicht dat binnenviel door de ruitjes, het gekleurde licht, het stof in de lichtbanen, ook gekleurd, onwezenlijk mooi. Hij keek naar het licht, het omvatte hem.

Bijna extatisch staarde hij naar de dansende stofdeeltjes, luisterend naar mijnheer Brikke, die hem verweet door zijn getreuzel de dame te hebben afgeschrikt. De voetstappen van mijnheer Brikke dreunden in de hal. Hij liep op en neer, op en neer. Door de geopende deuren kon hij iets zien van de Reegkade, leeg in het zonlicht, het water, de meeuwen rond de masten van de schepen, altijd krijsend, maar niet zo indrukwekkend als het gekleurde licht in de hal, op de witte muren en bijna reikend tot aan de balken van de bruine zoldering; hij voelde zich zweven bij de zoldering en omlaag ergens in de diepte liep mijnheer Brikke, maar niet werkelijk, of juist zo werkelijk als een sombere achtergrond zijn moet om de gelukzaligheid van gevoelens te versterken.

Mijnheer Brikke verliet de hal. In de lege kerk klonken de voetstappen als geheimzinnig geklop op een trommel. In de deuropening verscheen een man. Hij nam een kaartje, scheurde het los van de rol.

'Pers,' zei de man. De man toonde een kaart, liep plomp langs hem, rilde even bij de aanblik van de geheel lege kerk en ging naar binnen. Hij was opnieuw alleen met het wonderlijke licht, met de dansende kleuren in de stofbaan. Maar het was niet meer als zoëven, niet zo heerlijk. Voordat hij had kunnen wegdromen bij het licht kwamen meer mensen, niet veel mensen, nooit groepen, zelden twee personen tegelijkertijd. Orgelliefhebbers zijn eenzame mensen, dacht hij. Toen hij het achtenveertigste kaartje verkocht hoorde hij de slagen van de torenklok: acht uur. Hij wachtte nog even. Hij sloot de deuren van de kerk. Hij liep door de ruimte, door het middenschip, ontweek de zwijgende, vragende blikken van de bijna vijftig mensen, allemaal achter in de kerk, recht tegenover het orgel.

'Hoeveel zijn er?' vroeg mijnheer Brikke.

'Ruim vijftig,' zei hij.

Mijnheer Brikke speelde een akkoord. Daarna trok hij enkele registers uit. Hij zei: 'Let op het omslaan.'

Hij speelde de Toccata en fuga in d-moll van Bach. Het spelen en omslaan gebeurde mechanisch, evenals het uittrekken van de registers. Na de fuga mompelde mijnheer Brikke: 'Verdomme, het gaat niet goed meer.'

Hij zat voorovergebogen op de orgelbank, staarde naar de bladzijden voor hem. Hij zag toe hoe de vijfde band met koraalvoorspelen geopend werd en hij speelde minder nerveus dan zoëven.

'Dat was beter,' zei hij na afloop. Hij wreef met de handen over de ogen, mompelde zonder dat het te verstaan was en speelde vlug, te vlug een orgelconcert van Händel. Zelfs Ammer hoorde de fouten en hij zat doodstil toen mijnheer Brikke na afloop van het werk zei: 'Ik houd er mee op. Het is niets. Laat ze maar naar huis gaan. Ik kan het niet meer.'

Zonder iets te zeggen plaatste hij het preludium in G-dur voor mijnheer Brikke. Maar mijnheer Brikke speelde niet.

'Ik kan het niet,' zei hij, 'ik doe het niet.'

'Speelt u dan het preludium in G uit de achtste Petersband,' zei hij.

'Wat,' zei mijnheer Brikke, 'nee, nee, geen denken aan, ik speel dit.'

Zijn vingers dansten over de toetsen. Het klonk goed, misschien niet zo virtuoos als het zou moeten, maar goed genoeg, dacht Ammer. Ook de Pastorale van Franck leverde geen moeilijkheden op en bij de Suite Gothique van Boelmann was mijnheer Brikke weer in de normale, wat joviale stemming.

'Dit zullen we er eens uithameren,' zei hij wijzend op de toccata uit de suite. 'Een bravourestuk. Daar gaat hij.'

Na de toccata zaten ze stil te luisteren naar het geschuifel van de voeten over de zerken met de uitgesleten letters in de kerk.

'Dat hebben we gehad, nietwaar? Nu kunnen ze schrijven in de krant: Brikke maakt brokken. Het ging niet goed. Ik ben oud, wat kan het me ook schelen. Maar we hebben wel iets verdiend, vind je ook niet.'

'Moeten we de deuren niet sluiten?'

'Dat zal de koster wel doen.'

Uit een kastje haalde mijnheer Brikke twee glazen.

'Jij ook jenever? Nee, zeker? Beter een glas wijn, nietwaar? Zo. Hier. Dat zal smaken. Op onze gezondheid. Of op jouw toekomst als organist. Dat het maar beter zal gaan. Wat wil je eigenlijk worden? Heb ik je dat al eerder gevraagd? Niet in de muziek gaan, hoor. Je gaat dood aan je voerbakje. Vijftig mensen, vijftig mensen. Gelukkig niet meer. Voor vijftig mensen heb ik zitten prutsen. Maar jij hebt goed werk gedaan, Ammer, geen vergissingen. Gezonde Hollandse jongen, jij, Ammer. Anders dan ik. Ben niet gezond. Weet je... je zou toch eens... je moet toch eens...' (De stem van mijnheer Brikke klonk plotseling anders, minder opgetogen, flemend bijna.) 'Doe je broek eens uit, Ammer.'

Hij werd rood in het gezicht, hij voelde het. Hij zat, leunde zwaar in de stoel, nam een slok van de wijn. Hij voelde de prikkeling van de alcohol in zijn benen, de warmte, de hitte bij zijn geslacht. Hij stond op. Hij ging zitten.

'Doe je broek eens uit, Ammer. Laat eens zien of je gezond bent.'

Hij stond weer op. Mijnheer Brikke liep op hem toe, deed de knopen los van zijn broek. De broek gleed omlaag.

'Doe ook je onderbroek eens uit, Ammer.'

Hij liet zijn onderbroek op de vloer vallen, stond daar, wachtte en zweeg, keek niet naar mijnheer Brikke, die in de fauteuil was gaan zitten, maar naar het licht van de lamp, naar de lange schaduwen. Hij luisterde naar de geluiden in de kerk, de langzame stap van de koster, ergens ver weg in de diepte. In de toren begon de klok te slaan, half tien. Op de Maas blies een boot, melancholiek en nadrukkelijk. Hij verbeeldde zich ook het gekrijs van de meeuwen te kunnen horen. Hij was zich bewust van de éénogige blik van mijnheer Brikke op zijn geslacht. Hij keek even naar mijnheer Brikke. Wat is hij klein, dacht hij, wat is hij laag. Nee, nietig is het woord, nietig. Op de trap hoorde hij voetstappen.

'De koster,' fluisterde mijnheer Brikke. 'Doe omhoog, Ammer.'

Hij haalde traag zijn onderbroek omhoog, daarna zijn broek, knoopte de broek dicht, ging zitten. Achter het gordijn waren de geluiden te horen van iemand die oud is: kuchen, rochelen, een stem: 'Ik ga, Brikke. Jij sluit de deur van de consistorie, is het niet?'

'Ja,' zei mijnheer Brikke.

Ze zwegen. De koster daalde de trap af. Hij hoorde het openen van de deur naar de kerk. De langzame voetstappen in de kerk, in de consistorie, het slaan van de deur, daarna niets meer.

'Zal ik nog iets voor je inschenken, Ammer?'

'Nee,' zei hij. 'Ik ga naar huis. Ze wachten op me.'

Hij stond op. Hij liep snel langs mijnheer Brikke, langs de orgelbank, over de galerij. Hij volgde dezelfde weg als de koster: de trap, de kerk, de consistorie. Hij hoorde de stem van mijnheer Brikke: 'Wacht nog even, Ammer.'

In de late avond liep hij alleen over de Reegkade, voor de eerste maal zonder mijnheer Brikke na het verlaten van de kerk.

Op de dijk liep hij langs een winkel, met op de ruit een aankondiging:

WILLEM BRIKKE
ORGELCONCERT

Hij liep snel voort, snoof de geuren op van de zomer, van de lente eigenlijk. Het was vijftien juni. Eerst over zes dagen zou het zomer zijn.

IV

Hij lag tussen het fluitekruid op de schuine helling. De kuilen en gaten op de helling veroorzaakten pijn in zijn rug. Het gras prikte in zijn hals. Als hij zich bewoog was hij bijna zeker van aanraking met brandnetels. Over het weiland vloog een hevig roepende grutto. Verderop stond een reiger, de gele snavel goed zichtbaar in het heldere zonlicht. Maar mooier waren de futen, met hun kleine kuifjes bij de oren, hun trotse houding. De meerkoeten zwommen tussen de rietstengels, op zoek naar voer voor hun jongen, kleine, nog niet helemaal zwarte vogels met een rode snavel, die het voer uit de snavel van de moeder of de vader namen met een bijna kinderlijk gebaar. Nu nog jonge meerkoeten, het was bijna niet te geloven. Eind juni. Hij richtte zich op. Hij keek uit over het water, naar de zeilboten in de verte. Hij waande zich ver van huis, ver van de kerk, ver van mijnheer Brikke. Wat zou hij doen? Bijna twee weken was hij niet bij mijnheer Brikke geweest, had hij ook niets van zich laten horen en nu voelde hij zich schuldig en overwoog mijnheer Brikke deze middag weer te assisteren op het orgel. Zou hij het doen?

Hij hoorde geritsel in het gras. Een kikker sprong in de sloot achter hem. Hij hield het hoofd opzij, keek uit over de weilanden naar de kerk, die een droombeeld leek in het heldere zonlicht, ook omdat hij het hoofd scheef hield. Hij wendde zijn hoofd af. De reiger vloog op. De grutto liep door het hoge gras, soms nog roepend. Over het water voor hem voer een motorbootje. Hij stond op en wandelde snel over het jaagpad. Bij een oude, onbewoonde boerderij zat als altijd een ransuil in een eikeboom boosaardig naar hem te staren. Daar was de brug. Na de brug begon het rietland, de woestenij, een gebied van waterhoentjes, meerkoeten, futen en van rietzangers, die op deze zomerse zondagmiddag niet te horen waren. In het rietland bloeide gele ratelaar. Verderop waren zeilen, helderwit in het zonlicht, scherp afgetekend tegen het riet, waar ze bovenuit rezen als uit het niets. Lang zou hij kunnen blijven kijken naar de zomer, het riet, de zeilen, de geluidloos voortglijdende zeilboten dichterbij. Nee, niet geheel geluidloos, maar het geplas van het water maakte de stilte nog dieper, zo door de kleine afwijking van de volkomen rust alleen maar meer de indruk vestigend van een volkomen statische wereld; een wereld, gestold in het scherpe licht. Hij zou teruggaan naar mijnheer Brikke, maar nog niet vandaag.

In de loop van dezelfde week nam het besluit vaster vormen aan. Als hij het weer doet ga ik nooit meer, dacht hij. Hij liep over de Reegkade, zag mijnheer Brikke niet in het huis en wandelde naar de kerk. Aarzelend beklom hij de trap naar de orgelgaanderij.

'Is dat Ammer,' klonk de stem van mijnheer Brikke.

'Ja,' zei hij.

'Je bent terug van vakantie, nietwaar? Even vakantie genomen. Nu maar hard studeren, hard, hard werken.

Een groot organist worden.' Snel, nerveus praten. Toch vriendelijk alsof er niets gebeurd was.

'Maak jij vandaag het voorspel maar. Voor de verandering, nietwaar, zullen de kerkgangers leuk vinden.'

Hij plaatste de orgelbank iets dichter bij de speeltafel. Hij schoof achter de speeltafel en zette de vingers op de toetsen. Hij dacht na over de sfeer, het zonlicht een week geleden.

'Mag ik de Pastorale van Franck spelen?'

'Natuurlijk, Ammer.'

Hij speelde alleen de langzame delen uit de Pastorale. De snelle delen waren te moeilijk. De muziek wist inderdaad iets op te roepen van de sfeer een week geleden, maar vrediger, minder dreigend. Tijdens de preek bladerde hij in de Orgelstücke 1 van Franck. De Fantasia leek hem niet moeilijk, de Prélude, Fugue et Variation ook niet. Grande pièce symphonique en Final leken zeer moeilijk. Wat jammer dat hij deze stukken nog nooit gehoord had, alleen de Pastorale.

'Wilt u na de dienst de Fantasia spelen?' vroeg hij.

'Goed, Ammer.'

De muziek van de Fantasia was niet zo boeiend, dacht hij terwijl ze naar huis liepen over de Reegkade. Op de Reegkade liepen een paar meisjes, uitdagend, naar hem kijkend.

'Die zouden wel wat met je willen, Ammer. Moet je doen, hoor. Je bent een gezonde Hollandse jongen. Ga eens met zo'n meisje het bos in.'

'Er is hier geen bos,' zei hij.

'Dat is maar bij wijze van spreken,' zei mijnheer Brikke. 'Ik bedoel dat je... nou, ja, je weet wel. Flink vrijen, scharrelen. Dat is gezond. Moet je doen. Schaam je maar niet. Beter dan naar een preek luisteren.'

'Nee,' zei hij.

'Dat zeg je maar, nietwaar?'

Hij zweeg. Hij staarde naar de olievlekken in de Reeg. Het water bewoog. De kleuren vervloeiden, verschenen, verdwenen, verspreidden zich, bewogen in cirkels, namen elkaar op.

'U moet zo niet praten,' zei hij.

'Waarom niet, Ammer? Ik geef je toch goede raad? Doe wat ik zeg. Je moet niet zo worden als ik, maar gezond worden, gezond. Echt, Ammer, ik meen het.'

Mijnheer Brikke stond stil voor zijn huis, gaf hem een hand, wat hij anders nooit deed, en zei: 'Tot dinsdag.' (Met veel nadruk.)

Terwijl hij zijn weg vervolgde hoorde hij een stem: 'Een spetter, kijk eens, wat een spetter.'

'Kom eens hier, kerel,' riep een ander meisje.

'Kom zelf,' bromde hij gemelijk.

'Hier ben ik,' zei ze. Ze stak de straat over. Het meisje dat eerder geroepen had volgde haar.

'Ik zou niet met hem naar de Maaskant durven,' zei het meisje giechelend.

'Duvel op,' zei hij scherp. Hij liep snel verder.

'Dooie diender, saaie dooie diender,' hoonden de meisjes.

Er werd niet meer gezinspeeld op zijn gezondheid, niet meer gesproken over meisjes, niet meer gestreeld. Hij was opgelucht. Hij voelde zich heel prettig nu bij mijnheer Brikke op het orgel, altijd tijdens de middagdienst omdat hij 's morgens in hun eigen kerk speelde. De herhaling van de lessen, van de kerkdiensten, met altijd na afloop de wandeling over de Reegkade was een telkens terugkerend ritueel, waarvan hij wist dat niet alleen hijzelf maar ook mijnheer Brikke het niet zou kunnen missen. Op de tweede zondag in september zaten ze weer in de kamer achter het orgel, de lamp al opgestoken, hoewel het buiten nog licht was, de stem van de dominee als een vage onverstaanbare echo in de diepte en verder weg nog het gekuch van de kerkgangers.

'Wat zullen ze zich vervelen!' zei mijnheer Brikke. 'Preken zijn allemaal hetzelfde. Vroeger zei ik wel eens tegen de dominees: preek toch wat vrolijker, vertel eens een grapje, maar ze blijven ernstig, plechtig, alsof ze met een begrafenis bezig zijn. Dan wij! Wat hebben we het hier toch gezellig! Geen mens die ons stoort. Weet je, Ammer, ik heb iets voor je alvast voor je verjaardag.'

Mijnheer Brikke overhandigde hem een nieuwe uitgave van de orgelstukken van Franck.

'Dank u wel,' zei hij.

'Straks zal ik je Prélude, Fugue et Variation voorspelen. Prière, gebed, wel een erg lang gebed en zoals alle gebeden wel een beetje vervelend om naar te luisteren. Maar dit is prachtig, Final, dat is finaal het einde. Meesterlijk. Kijk, Ammer, het thema eerst op het pedaal...'

Terwijl hij praatte had hij een arm om de schouder van Ammer gelegd. Ze stonden bij de kast met muziek. De muziek van Franck lag op de kast. Hij bladerde in het boek.

Met zijn andere hand streelde mijnheer Brikke zijn dijen, zijn knieën, over zijn rug. Even voelde hij de hand rusten op zijn geslacht. Daarna dwaalde de hand weer over zijn rug, zijn benen. Ondertussen praatte mijnheer Brikke over Franck.

'Zijn leerlingen hielden veel van hem. Hij kon het goed met zijn leerlingen vinden, net zoals wij het goed met elkaar kunnen vinden, nietwaar, Ammer? Wij zijn heel goede vrienden, zo is het toch, nietwaar? Ik ben je oude vriend.'

Opnieuw rustte de hand op zijn geslacht. Hij voelde

de druk van de vingers. Hij kleurde. Hij voelde het bloed in zijn gezicht. Zou mijnheer Brikke het zien? Hij verzette zich niet tegen de aanraking. Hij kon zich niet verzetten, zo voorzichtig gebeurde het. Hij begreep het niet. Hij voelde de vingers aan de knopen van zijn broek.

'Doe je broek nog eens uit, Ammer.'

Mijnheer Brikke fluisterde, zuchtte.

Langzaam gleed zijn broek omlaag, daarna zijn onderbroek. Hij had geen gevoel meer in zijn benen, in z'n onderbuik. De hand van mijnheer Brikke had evengoed niet op zijn dijen kunnen rusten. Terwijl de hand bewoog, steeds sneller bewoog, ritmisch op en neer, leek alle gevoel uit hem verdwenen. Alleen zijn hoofd brandde, gloeide. Hij staarde naar het bruine hout van het orgel. Een soort kramp beving hem. Hij stond doodstil. Hij luisterde naar de stem van de dominee, nu verstaanbaar ondanks de luide ademhaling van mijnheer Brikke. '...en de verzoening met God, geliefde gemeente, is slechts mogelijk door het dierbaar bloed van onze Here Jezus Christus, het voor ons allen, groten en kleinen, armen en rijken, mannen en vrouwen, jongens en meisjes, geslachte lam op de Calvarieberg, wiens bloed onze zonden bij de Vader heeft uitgewist, wiens smartelijk lijden ons de toegang tot de troon der genade heeft ontsloten...'

En hij hoorde ook de stem van mijnheer Brikke, zacht mompelend: 'Je komt bijna klaar, nietwaar, Ammer?'

Maar hij wist dat hij nooit klaar zou komen. Zijn penis was stijf, maar hij voelde niets, niets. Hij hoorde nog altijd de stem van de dominee: '...de God van Abraham, Izaäk en Jakob, de God der vaderen wil ook uw God zijn en daarom heeft hij de helpende hand uitgestoken naar u, met zijn eigen, dierbare, enige zoon, Jezus Christus, die ons gekocht en betaald heeft met zijn bloed. Gelooft dat, gemeente, en hebt eeuwig leven. Amen. We zullen zingen: Psalm 105 : 2, Juicht elk om strijd met blijde galmen.'

Het geluid van het belletje schokte mijnheer Brikke hevig.

'Godverdomme,' schreeuwde hij, 'waarom duren die rotpreken tegenwoordig zo kort?'

Hij liep naar de orgelbank, schakelde de motor in van het orgel. In de kerk hoorde hij het gedraai van de mensen, die hun gewicht anders verdeelden over de ongemakkelijke banken. Nogmaals klonk het geluid van het belletje.

'Ach, kerel, ik moet toch eerst lucht hebben,' zei mijnheer Brikke.

Hij stond daar, rechtop, zonder gevoel, zonder zelfs enig verlangen iets te doen. Hij voelde een vreemd, wanhopig gevoel in de maagstreek. Hij dacht niets, keek alleen maar, luisterde alleen maar. Tijdens het gebed van de dominee stond hij daar, tijdens de slotzang, tijdens de zegenbede. Mijnheer Brikke keek niet naar hem, ook niet toen hij de orgelbank verliet om de werken van César Franck te halen. Na de zegenbede het geschuifel van de mensen en plotseling hoog in het orgel de melodie, die hij uit duizenden melodieën zou herkennen en die hem tot zichzelf terugbracht. Dat was het. Dat had hij gehoord, lang geleden, ook in deze kerk, met Jan Bent-Beukom. Hij voelde een soort verdriet, naast de vreugde om de muziek die hij wel altijd zou kunnen horen, verdriet, omdat hij het juist nu hoorde, juist nu. Maar de muziek won van de andere gevoelens. Terwijl hij zijn broek omhoogdeed dacht hij: dus César Franck, dat is het, hij speelt het. Hij heeft iets met me gedaan, maar hij speelt het. Zeldzaam rustig werd hij door de muziek. Muziek die zich niet haastte, nooit afgelopen behoefde te zijn, geen slot zou kunnen hebben, alleen maar aanwezig

72

was in de ingewanden van het orgel, diep en sereen, wijd en rustig, dat vooral. Toch was er een einde, daarna een fuga, daarna opnieuw de melodie, nu met door de linkerhand uit te voeren omspelingen, bijna vrolijk, bijna teder en toch ook niet, meer dan dat, anders dan dat, onzegbaar vredig en altijd hetzelfde woord: rustig. Hij was bijna in staat te vergeten wat er gebeurd was, zo voelde hij de muziek in zichzelf, als een geheime band tussen César Franck en hem, een overeenkomst in hetzelfde verlangen te bezitten om rustig te zijn, om alleen maar rustig te zijn.

'Prélude, Fugue et Variation,' zei mijnheer Brikke. 'Hoe vond je dat?'

'Dat was het,' zei hij, 'wat u toen speelde, toen ik u voor het eerst hoorde.'

'O,' zei mijnheer Brikke. 'Mooi, nietwaar? En Ammer, zul je me beloven er met niemand over te praten, niemand. De mensen zijn zo hard, zo bitter hard. Ze zullen het niet begrijpen. Maar wij begrijpen het, nietwaar, Ammer, jij en ik?'

'Als u, als u een... een vrouw had, zou u dat dan niet liever met haar doen?'

'Ja, natuurlijk, Ammer,' zei mijnheer Brikke haastig.

Hij liegt, dacht hij, hij liegt. Wat doet het ertoe. Hij heeft het gedaan. Hij weet dat het verkeerd is, niet mag.

Hij stond in het licht van de orgellamp en hij wist dat hij hier nooit zou terugkeren, nooit. Hij was er zeker van toen hij over de Reegkade wandelde: dit ook voor de laatste maal. Ze namen afscheid. Mijnheer Brikke zei: 'Tot ziens' en hij bromde iets onverstaanbaars.

Alleen ging hij verder. Hij stond stil bij de brug over de Reeg. Het was nog niet geheel donker, wel schemerig. In de lucht, hoog in de lucht vlogen zwaluwen, zwaluwen. Hoe ver waren ze, hoe onbegrijpelijk ver, hoe bewonderenswaardig hoog! Zouden ze hoger kunnen zijn? Als ze dichterbij zijn, op telefoondraden zitten, vergelijken ze het met een notenbalk, dacht hij. Zou hij van de zwaluwen houden omdat ze iets muzikaals hadden, al was het alleen maar vanwege die vergelijking? Maar ze zaten niet, ze vlogen. Hij hield niet van zittende zwaluwen, maar van vliegende. Hun onvoorspelbare wendingen, de sierlijkheid van hun vlucht, de snelle duik over het water, eindeloos snel in het begin van de zomer: dat bekoorde hem. Nu waren ze hoog, hemelhoog, zo hoog als ze alleen maar vlogen aan het einde van de zomer.

2 Vluchten

I

In de namiddag hebben wij door deze vriendelijk beboste streek gewandeld. Nu ik echter, na langs de weg via prikkeldraad en een pad op de heuvel omhoog te zijn geklommen, uitzicht heb over het dal en de heuvels vind ik het landschap bar en verlaten. Over de heuvels drijven lage regenwolken, die uit het niets opdoemen. Een koude regen striemt me in het gezicht. Vlak bij de plaats waar ik sta is een kromgegroeide boom. De bladeren ritselen in de gure wind. Snel drijven de wolken boven mijn hoofd voorbij. In het dal zie ik lichtjes. Achter mij is een ander dal: de Theems-vallei. Op de weg die ik zo juist nog bewandelde rijden auto's. Ik veronderstel dat het de diepte is die me doet huiveren, of ook de koude van de zomernacht? Ik kan van hieruit het dak van de jeugdherberg zien waar we zullen overnachten. Wat zou Ammer doen? Praten of vrijen met het Deense meisje? Of zou hij buiten wandelen met haar in de vallei? Zal de wind het blonde haar om haar hoofd jagen? Wat een onvergetelijk meisje! Maar waarom zou hij de kans niet waarnemen, waarmaken? Ze wil, dat is duidelijk. Is hij te bedeesd? Zou het waarachtig niet geloven als een ander het mij vertelde. Herinner mij nog het eerste bezoek van Ammer. Onbevangen nam hij de pad op. Ik gaf het dier het gebruikelijke tikje. Over zijn hand stroomde de urine, overvloedige produktie van mijn onvergetelijke Babien, die nu eenmaal dienen moet om mijn bezoekers af te schrikken, te testen wellicht. Inderdaad kan ik zo mijn vriendenkring voortreffelijk beperken met behulp van een op commando urinerende pad. De beperking gaat zelfs zo ver, dat ik geen vrienden heb. Maar ik kan niet anders: de pad-reactie moet worden uitgeprobeerd. Hij liet zich echter niet afschrikken. Hij was niet eens verbaasd, niet boos, niet verontwaardigd, glimlachte alleen maar, en hoewel ik wist dat hij uit zwakheid zo handelde, nam deze reactie hem dadelijk voor mij in. Wat die zwakheid betreft: dat heb ik verdomd goed gezien. Een weke persoonlijkheid. Laat zich door iedereen intimideren, behalve door meisjes. Wat ik niet begrijp: de volkomen natuurlijkheid waarmee hij ze tegemoet treedt, zonder zich, geloof ik, dadelijk bloot te geven. Datzelfde heb ik ook vroeger al opgemerkt: studentes die voor hem zouden rennen als hij maar wilde. Ik wed dat ze als luizen zijn bed zouden bevolken zodra hij een enkel teken zou geven, en toch denk ik soms dat hij kuis leeft, de stommerd. Mij is het sinds het begin van mijn studie niet gelukt meer dan een paar meisjes in bed te krijgen, terwijl ik die meisjes slechts uit balorigheid beminde, niet omdat ik ze zelfs maar aardig vond. Trouwens: bij hem is het niet tot de meisjes beperkt. Dadelijk na aankomst in een jeugdherberg verdringen ze zich rondom hem, ook jongens. Aan tafel luisteren ze naar het goede maar niet accentloze Engels, in de loop van de avond praten ze voortdurend met hem en hij luistert, praat, luistert. Zo is het altijd geweest.

Ik moet gaan. De regen doorweekt me. Nog altijd die angstaanjagende wolken. Ik glibber over de modderige paden naar omlaag. Het ritselen van de bladeren achter

mij is beangstigend. Terwijl ik halverwege de helling
ben, zie ik hem plotseling bij een bocht van de weg in gezelschap van de Deense. Ik prijs me gelukkig dat het haar
verregend is en in slierten om haar gezicht hangt, zodat
ze tenminste niet zo adembenemend mooi is als daar-
straks, toen ze de herberg binnenkwam. Nu is ze gewoon
een verregend kreng. Terwijl ik afdaal naderen ze en ik
vang flarden op van het gesprek dat in twee soorten
steenkoolduits gevoerd wordt. Waar ze over praten is mij
niet duidelijk: misschien over het opvoeden van kinderen (ik meen het woord Kinder te verstaan) maar zoveel
is wel zeker, dat een en ander reeds in vergevorderd sta-
dium verkeert. Achter de heg en het prikkeldraad staat
een boom. Ik glij vanzelf achter de brede stam als ze langs
wandelen. Maar ze zwijgen nu. Ik zie alleen het verregen-
de slierthaar. Ammer Stol kan ik niet zien, maar ik stel me
zijn gezicht voor, de lichte ogen, de glimlach, onver-
woestbaar natuurlijk.

In de jeugdherberg, tussen zingende Belgen en een
oud Engels heertje dat mij woedend aanstaart (waarom
weet ik niet), wacht ik op Ammer. Ondanks dit laatste
succes van hem niet minder op hem gesteld, wel jaloers.
Met hem de eerste behoorlijke vriendschap na jaren. Iemand die zich voor mij interesseert, zo zelfs dat hij met
mij op vakantie wilde. Ik kan niet zeggen dat hij een ge-
schikte vriend is om mee op vakantie te gaan. Waarom
ga je op vakantie? Toch vooral om een paar behoorlijke
meiden te versieren, zeker in een land als Engeland, waar
de regen niet valt maar sijpelt. Maar met Ammer is niets
te beginnen. Dat was al zo in Ostende waar we op het af-
varen van de boot naar Dover wachtten. Het was een
avond waardoor je innerlijk helemaal kapot gaat: een
beetje mistig en dan de ellendige sfeer van een uit zijn
krachten gegroeide havenstad als Ostende, met op som-

mige straathoeken een katholiek bedehuis en op de overige een café. Verder de troosteloosheid van een reusachtige wachtkamer waar je te laat arriveert om nog te kunnen zitten (op alle banken zitten dommelende Duitsers), maar te vroeg om zo lang te kunnen blijven staan.

'Zullen we liefde gaan kopen?' vroeg ik Ammer.

'Wou je de bagage dan meenemen?'

'Nee,' zei ik. 'Kan wel ergens geplaatst worden.'

'Kan niet,' zei hij gedecideerd.

'Verdomme, wat doen we dan? Ik heb nog zoveel Belgische francs en we gaan niet via België terug. We moeten het opmaken.'

'Ga alleen. Ik pas op de bagage.'

'Goed, als ik terugkom ga jij en pas ik op de bagage.'

Ik liep door Ostende 's avonds om tien uur. Ik wilde alleen maar hengsten. De hoeren zijn goedkoop maar vies in België. Ze zijn zelfs zo goedkoop dat ze wel ziek moeten zijn. Waar zouden ze hier te vinden zijn? De ervaring leert dat je hoeren zoeken moet bij de stations van de steden. Dat is zo in Den Haag, in Amsterdam en in Brussel. Als je uit het Gare du Nord komt in Brussel is ten westen van het station een waar paradijs met kleine mannetjes die je aan je mouw trekken en praten over 'les jeunes filles'. Maar hier had ik al heel wat kerken gepasseerd zonder iets te zien. Opeens zag ik een meisje in een portiek staan, van wie ik iets vermoedde. Ik liep langzamer. Ze kwam uit het portiek en zei: 'Ga je mee.'

Ze wees naar een huis aan de overkant, maar ze was zo godsgruwelijk lelijk geschminkt, dat ik alleen maar zei: 'Ik denk er niet aan.'

'Je zult er geen spijt van hebben,' zei ze.

'Nee, maar jij wel,' zei ik.

Ik liep door de verlaten straten maar mijn plezier was grondig bedorven. Ik wandelde terug naar de wachtkamer van het station. Ammer zat op een koffer van een Duitser en praatte met de man.

'Zo,' zei ik, 'nu jij. Beste is dat je rechtuit loopt, dan bij de tweede kerk linksaf. In die straat' (de straat van het hoertje van zoëven) 'vind je er wel een.'

Ammer stond op, opende de deur van de wachtkamer en verdween in de duisternis. Ik vroeg onmiddellijk aan de Duitser of hij ook naar Engeland ging, ook met de boot van één uur. Dat was zo en ik vroeg hem zolang op onze bagage te passen, wat hij graag deed, als was het een gunst. Ik rende naar buiten. Ver voor mij zag ik Ammer wandelen. Bij de kerk ging hij inderdaad linksaf. Ik volgde hem zo onopvallend mogelijk, wat niet gemakkelijk was in de uitgestorven straten. Op de plaats waar ik zo juist aangesproken was door de hoer verscheen ze ook nu. Ammer en zij praatten even met elkaar. Plotseling liepen ze beiden in mijn richting. Ik liep snel een steeg in. Ze passeerden de steeg, keken niet. Wat zou hij gaan doen met die akelige hoer? Nadat ze verder weg waren volgde ik hen. Bij de kerk verloor ik ze even uit het gezicht, daarna zag ik ze beiden (zo te zien druk pratend) verder wandelen. Ze gingen een café binnen. Dat had ik niet verwacht. Ik had gedacht dat Ammer gewoon een avondwandeling zou zijn gaan maken, geheel alleen, zonder uit te zijn op het bekijken, laat staan met een hoer bezoeken van een café. Het zou een bewijs te meer zijn geweest voor... Nou ja, bewijs. Maar dit wees op het tegendeel. Ik liep terug naar de wachtkamer. De Duitser was verdwenen, maar onze bagage stond nog op dezelfde plaats. Na een klein uur wachten verscheen Ammer.

'Hoe ging het?' vroeg ik.

'Goed,' zei hij, glimlachend. Meer wilde hij mij niet vertellen, maar zo te zien leek mij niet dat hij kort geleden een periode van slopend eiwitverlies had doorgemaakt.

Ze heeft iets van Jacqueline, deze Deense. Voor het eerst
Ammer ontmoet nadat ik mij over de fiets van Jacqueline
ontfermd had. Ontfermd? Ik liep de universiteitsbiblio-
theek binnen. Terwijl je in de garderobe je jas ophangt,
kun je, mits de jassen goed hangen of na een eenvoudige
herschikking tussen de jassen door, bijna altijd meisjes
bezig zien voor de spiegel, hetzij met haar kammen, hetzij met opmaken. Of het te wijten is aan de belichting in
de garderobe (een hoog raam, wat licht van de gang en
een lamp) of alleen maar aan het feit dat je staat te glu-
ren: de spiegel is een rechter, een slachtbank voor lelijke
maar een toverspiegel voor mooie meisjes. Goed: ik stond
daar dus en voor de spiegel stond ook een meisje. Ze had
lang blond haar waar ze voorzichtig over streek na het
zorgvuldig gekamd te hebben. Lange, rode nagels glij-
dend over lang, blond haar. Maar ook dat trage, beheer-
ste kammen van het haar, nogmaals. De rode nagels goed
zichtbaar, tweemaal zichtbaar door de spiegel. Ik stond
te beven van opwinding. Opeens zag ze me in de spiegel.
Ik vergeet nooit dat trage, enigszins medelijdende, maar
vooral minachtende glimlachje. Medelijden is in een der-
gelijk geval trouwens ook minachting. Ik voelde me beroerd, intens vernederd. Maar ik stond daar, deed niets,
zei niets en ze liep naar de hal zonder omzien. Ik volgde
haar. Ze hield waarachtig ook de deur nog voor mij
open, het hoofd schuin opzij, waardoor de gewoonweg
pijn doende aanblik van haar schitterend profiel, de hand
uitgespreid op de deur, waardoor weer die hels makende
lange, helderrode nagels. Het is werkelijk niet onder
woorden te brengen hoe beroerd je je voelt op een der-
gelijk ogenblik. Je weet ook niet wat je wilt. Je bent vol-
slagen wanhopig. Je denkt niet. Er zijn alleen maar ge-

voelens in de onderbuik.

Ik liep naar de kasten waarin de catalogus staat. Ik pakte een boekje uit de kast en begon iets op te zoeken. Even later stond ze naast mij, ook bladerend en ik kon mijn ogen niet afhouden van haar vingers, nagels. Ze schreef haar naam op een aanvraagformulier: Jacqueline de l'Ecluse. Ik bladerde wat in het boekje. Ik herinnerde mij niet meer wat ik wilde opzoeken, of liever: ik dacht niet aan opzoeken. Ik stond mijn wanhopige gevoelens te verwerken. Ik sloeg het dicht en schoof het tussen de andere boekjes. Ik liep naar buiten. Ik sloeg de deuren achter mij dicht. Bij de brug over het Rapenburg stond mijn fiets. Daarnaast stond nu een damesfiets. Op het moment dat ik die wilde wegrijden om mijn eigen fiets te kunnen pakken, zag ik de naam Jacqueline op een geel plaatje op het achterspatbord. Ook de achternaam was dezelfde. Op dat ogenblik, ongeveer om half twaalf, waren weinig mensen op het Rapenburg aanwezig. Men bewoog zich trouwens van mij af. Zonder precies te begrijpen wat ik deed, althans het begrijpen volgde gewoon vertraagd, liet ik de fiets uit mijn handen wegglijden en alsof het zo hoorde verdween het kreng in het Rapenburg. Mijn eigen fiets liet ik staan. Ik liep naar de Kloksteeg en wachtte. Ze verscheen bijna dadelijk na mijn ingreep. Ze liep naar de brug en stond stil. Ik wandelde rustig door de Kloksteeg en het Rapenburg. Was ze verbaasd? Ik kon het niet goed zien. Ze stond in het zonlicht, schuin van mij afgewend, zodat het blonde haar het gezicht verborg. Bij het branderige, pijnlijke, ja, smartelijke gevoel om haar houding, haar postuur, voegde zich een soort wreed leedvermaak. De kleine wraakneming op de schoonheid. Ik stak de straat over, morrelde met het sleuteltje van mijn fiets, terwijl ik mij iets vooroverboog over het water.

'Ligt een fiets in het water,' zei ik, zonder mij speciaal tot haar te richten, meer verbaasd en in mezelf pratend. Het zadel en het stuur waren nog te zien. Ze boog zich voorover, ze zei niets. Ze stond daar en ik voelde gewoonweg de woede, die me meer dan goed deed. Ik zag de opgetrokken wenkbrauwen boven de fraai opgemaakte oogleden.

'Dat is mijn fiets,' zei ze.

'Zo,' zei ik. 'Hoe komt je fiets daar?'

'Een of andere stomme idioot,' zei ze.

Zou ze iets vermoeden, vroeg ik mij af. Het leek me onwaarschijnlijk. Zoals altijd was de woede de kroon op de schoonheid. Wat een akelig mooi meisje!

'Eruithalen,' zei ik, 'er zal niets anders opzitten.'

'Hoe kan dat nou. Je kunt er niet bij. Moet ik hier gaan liggen? Ik zal gek zijn. Mijn mantel...'

'Maar,' zei ik, 'why not?'

'Ik ben er niet op gekleed,' zei ze gedecideerd.

'Ik wel,' zei ik, 'zal ik het voor je doen?'

'Als je wilt,' zei ze.

Ik liet me voorover zakken. Ik lag plat op mijn buik op het Rapenburg. De kademuur is vrij hoog daar, maar het water niet diep, zodat de fiets gedeeltelijk boven het water uitstak. Toch lukte het mij niet de fiets uit het water te trekken. Ik schuifelde nog verder naar voren, daarna iets opzij en hoorde haar stem: 'Dag, Ammer,' en een andere stem: 'Wat is er?'

'Mijn fiets ligt in het water.'

Ik keek om, voor zover mijn onaangename positie dat toeliet. Wat ik het eerste zag: haar gezicht. Het deed me meer pijn dan alle voorgaande martelingen. Ze stond gewoonweg in aanbidding naar hem op te zien. Ik kon zijn gezicht niet zien, wel de versleten sandalen aan zijn voeten. Opnieuw probeerde ik het zadel te grijpen. Met veel

82

moeite lukte het me de fiets iets omhoog te hijsen. Daarna lag hij al naast me en hielp me. We zetten het druipende rijwiel voor haar neer. Ze keek met afschuw naar de bemodderde banden.

'Moet ik daarop rijden?'

'Why not,' zei ik.

Ze keek naar me. Wat een blik! Wat een meisje!

'Ben jij lopend, Ammer?' vroeg ze.

'Ja,' zei hij. Ik had nu gelegenheid om hem wat beter te observeren. Fraaie, lichtbruine, maar wekelijke ogen. Zacht gezicht. Hij keek ook naar mij. Geen idee wat hij dacht.

'Ga je mee lunchen, Ammer?'

Hij antwoordde niet dadelijk. Hij keek naar me en glimlachte.

'Je wilt zeker dat ik je fiets aan de hand meeneem.

'O, Ammer, als je dat zou willen doen,' zei ze.

'Hij gaat zeker ook mee?' vroeg hij haar.

'Hij...?' Verbazing en afkeer.

'Hij heeft immers je fiets gered. Misschien wil hij je fiets wel vervoeren.'

Dezelfde glimlach, maar spottender, vrolijker. We hielden haar fiets in onze handen. Ze zei niets. Ik voelde me ellendig.

'Ik zou het leuk vinden als hij ook meeging,' zei hij en hij voegde eraan toe: 'Zullen we kennismaken? Ik ben Ammer Stol.'

'Jakob Valler,' zei ik, hem mijn natte hand reikend, die hij zonder aarzeling drukte. Ze stak nu ook haar hand uit.

'Jacqueline de l'Ecluse,' zei ze, 'o, wat een natte hand!'

We liepen naast elkaar over het Rapenburg en door de Kaiserstraat. Ammer en ik hielden afwisselend haar fiets vast. Ze had duidelijk de pest in. Ze had met Ammer Stol alleen willen lunchen. Niet met een pottekijker erbij. Toch voelde ik me niet te veel. Waarom niet? We bevielen elkaar, geloof ik. Ammer Stol en ik. We lunchten bij haar. Ze zat gedeprimeerd in een stoel, terwijl hij aan de knoppen van haar radio draaide en praatte over de muziek van het Third Programme. Soms keek ze naar hem. Soms kéék ze naar hem. Ik voelde de blikken meer dan ik ze zag. Eén zo'n blik op mij en ik zou domweg in tranen zijn uitgebarsten. Ik ben niet sentimenteel, maar ik vind dat je best huilen mag als dat geheimzinnige, pesterige gevoel je beheerst, een gevoel dat een gevolg is van een moedeloos makend verdriet om een onbereikbaar meisje. Toen we haar verlieten, buiten stonden in de zon op de Witte Singel, zei hij: 'Ik stond in de Nonnensteeg...'

'Wat bedoel je?' vroeg ik.

En hij, nog aarzelender: 'Kerel, waarom liet je die fiets in het water rijden? Was dat opzet?'

'Val dood,' zei ik.

Hij grijnsde, verdomd, hij grijnsde.

'Dus toch,' zei hij. 'Wat doe je vanavond?'

'Niets,' zei ik. 'Werken voor een tentamen als ik zin heb.'

'Kom een kop koffie bij me halen.'

'Komt me eigenlijk niet gelegen. Moet mijn dieren verzorgen vanavond. Maar eh... kom bij mij.'

III

Over Babien heb ik al gesproken. Zijn handen waren nat van haar urine, maar hij wilde of durfde mij niets verwijten.

'Waar kan ik mijn handen wassen?' vroeg hij.

'Spoel ze eerst af in dat aquarium,' zei ik, wijzend op

een grote bak vol troebel water, waarin meervallen geduldig wachtten op een onverstandige, die zijn vinger in het water wilde steken. Hij was niet overtuigd, maar laat zich nu eenmaal gemakkelijk intimideren en stak inderdaad zijn handen in het water. Maar sneller wist hij ze weer uit het water te halen, ja razendsnel, en geschrokken staarde hij me aan.

'Wat is dat?'

'Een meerval. Knabbelt aan het knuistje.'

Hij liep naar de wastafel. Het water spoelde over zijn handen. Ook bloed? Helaas niet.

'Ik heb een wondje,' zei hij. 'Zitten er in het water levensgevaarlijke bacteriën?'

'Ja,' zei ik, 'de witharige trilkok. Geeft ernstige darmaandoeningen en uitval van het melkgebit.'

'Een melkgebit heb ik niet meer,' zei hij. 'Maar wat ben jij voor iemand? Fietsen in het water laten rijden, urinerende padden, meervallen in water met gevaarlijke bacteriën...'

Hij lachte vrolijk en toch enigszins verlegen. Rimpeltjes om de ogen. Werkelijk, een aardige vent.

'Hoe is... wat is... man, je hebt... die Jacqueline.'

Ik stond maar wat te stotteren, maar hij begreep wat ik bedoelde.

'Heeft ze veel indruk op je gemaakt?' vroeg hij.

'Nogal,' zei ik.

'Heb je de fiets in het water laten rijden om met haar in contact te komen, eh... om haar te leren kennen?'

'Nee,' zei ik kortaf.

'Waarom dan?'

'Doet er niet toe. Nou ja, soort wraak. Moet ze maar niet zo mooi, zo verbijsterend mooi...'

'Ze is niet mooi,' zei hij.

'Man, je bent gek,' zei ik.

'Ze is niet mooi,' herhaalde hij, 'ze is verwend, ze gedraagt zich mooi, alsof ze mooi is bedoel ik. Maar ze is dom, al weet ze aardig wat van Engelse literatuur. Ze studeert Engels, net als ik. En ze verft zich.'

'Nou en? Dat doet ze bepaald goed.'

'Vind je dat? Het zegt me niets. Maar ik zal haar zeggen dat je met opzet die fiets in het water hebt laten rijden om haar te leren kennen. Ik gun ze je graag. Ben ik er vanaf.'

'De Ladykiller,' zei ik. 'Kan natuurlijk genoeg vriendinnen krijgen van dat soort. Maar zeg niets over die fiets.'

'Och, genoeg vriendinnen... ja, zeg eens: doe je dat altijd, die pad en die meervallen?'

Ik staarde hem aan, enigszins bitter na zijn opmerkingen over Jacqueline, en hij keek terug. Hij begreep het niet en voelde zich onzeker.

'Het is flauw, ik weet het. Maar ik kan niet anders. Ze hebben mij altijd gepest. Ik pest terug, of pesten... Ik...'

'Gepest? Waarom gepest?'

'Weet ik niet. Vroeger omdat ik een nogal bruine huid heb, zoals je ziet. Riepen ze Spanjaard, ondergeschoven Spanjaard, in het dorp waar ik woonde. Later was het omdat ik erg goed was op school. Konden ze niet hebben. Maar vaak weet ik gewoon niet waarom ze me pesten. Heb ook nooit echte vrienden gehad, gek genoeg. En ik ben nu eenmaal wat wraakzuchtig en heb mooie sadistische neigingen.'

'Moet je je nodig op beroemen...'

'Doe ik dat dan?'

'Zo lijkt het in elk geval. Ben jij een mensenhater, tevens dierenvriend?'

'Misschien, zei ik. Maar dieren pest ik ook, net zo goed. Why not? Ik heb altijd dieren gepest, mensen niet, dat is pas van de laatste jaren. Daarvóór was ik bang en werd ík gepest.'

Hij stond zeer omslachtig zijn handen af te drogen, nu pas. Daarna liep hij door de kamer, bekeek mijn foto's van paddestoelen, van boleten.

'Dit is een mooi soort,' zei ik, wijzend op een vrij onooglijke boleet. 'Wordt gebruikt door Indianen, dromen ze weg, geeft heerlijke dromen, maar je wordt erg egocentrisch door het gebruik, dat is jammer.'

'Waarom? Kun je egocentrischer worden dan je bent?'

'Natuurlijk,' zei ik ongeduldig. 'Bij de Indianen gaat het zo ver dat ze zich helemaal niet meer om hun medemensen bekommeren.'

'Denk je dat zich bekommeren om je medemensen niet egocentrisch is? Zolang andere mensen het beroerd hebben knaagt dat aan je geweten en wil je er iets aan doen, niet om die andere mensen een plezier te doen, hun lot beter te maken, maar omdat je gemoedsrust hinderlijk wordt gestoord door hun ellendige omstandigheden. Het is je om je eigen gemoedsrust te doen. Die boleten zullen dus het knagen van je geweten wel het zwijgen opleggen, niet anders.'

'De moralist!' zei ik. 'Dus het is jou uitsluitend begonnen om gemoedsrust. Wat een woord overigens!'

'Ja,' zei hij. 'Gewoon een soort harmonie, een soort evenwicht.'

'Maar denk je niet dat het goed is als je "harmonie" gestoord wordt. Dat zet je aan tot prestaties. Als ik het goed begrijp wil je een soort staat van vegeteren bereiken als een plant, waarbij je niet hoeft in te grijpen in het lot van anderen.'

'Ja,' zei hij. 'Ik voel wel iets voor die boleten. Lijkt me geweldig om weg te dromen, om zonder naar iets anders te verlangen alleen te zijn. Helpen van anderen

87

heeft toch geen zin, omdat je altijd de boel alleen maar meer verpest.'

'Wat een onzin. Je weet zelf dat dat niet waar is.'

'Ja, je hebt wel gelijk.'

Hij liep langs het ijzeren kettinkje van de brullende gaper. Heb ik bij een drogist op de kop getikt en ik heb er een mechaniek in gemaakt, zodat het ding kan brullen. Hij trok aan de ketting, zoals zijn voorgangers. Een vreselijk gebrul vulde de lucht. Hij schrok niet, keek alleen maar omhoog, daarna naar mij, verwijtend, spottend.

'Als Jacqueline hier ooit komt, mag je de dieren wel doodmaken en die brullende kerel weghalen,' zei hij, 'ik hoor liever wat muziek dan gebrul. Hou je van muziek?'

'Nee,' zei ik bruusk. 'Wat voor muziek bedoel je overigens?'

'Klassieke muziek en moderne klassieke muziek.'

'Nee, zegt me niets. Ik kan de verschillende toonhoogten niet van elkaar onderscheiden.'

'En literatuur, poëzie? En schilderkunst?'

'Interesseert me helemaal niet. Kunst zegt me niks.'

'Zal toch moeten als je Jacqueline wilt vangen. Ze houdt van poëzie. Je zult Wordsworth moeten lezen en andere Engelse dichters.'

'Zou ik dan kans hebben, denk je?'

'Ik weet het niet. Maar waarom niet? Wat interesseert jou eigenlijk wel?'

'Paddestoelen en sommige dieren, gedrag van dieren.'

'Studeer je biologie?'

'Ja.'

'Ben je eigenlijk godsdienstig?'

'Goddank niet.'

'Ik ben gereformeerd,' zei hij.

'Jezus Christus,' zei ik, 'ook dat nog.'

Over dat eerste bezoek van Ammer kan ik niet veel meer vertellen. We hebben gepraat over godsdienst. Toen ik hem leerde kennen was hij zo vroom als een non en nu is hij een wilde heiden, net als ik. Heel boeiend om iemand langzaam ongelovig te zien worden, niet door aantoonbare invloeden van buitenaf, maar alleen door er altijd weer over te willen praten, het anderen te willen aanpraten. Dat is zo dom! Zodra je een overtuiging aan een ander wilt opdringen, begint bij jezelf de erosie van die overtuiging. Overigens: als je ziet hoe Stol bijna kapot gegaan is aan zijn krampachtige pogingen om te blijven geloven en dan ook nu nog een soort heimwee ziet naar dat geloof begrijp je iets van de ellendig grote kracht van een overtuiging en hoe het iemand goed de das om kan doen. Anderzijds: je hebt iets om je tegen af te zetten en dat mis ik.

IV

Als je in Engeland de ongemakkelijke douane gepasseerd bent, kom je in een land met de meest dwaze instellingen. In de jeugdherbergen bij voorbeeld mag men tot zijn dood logeren, ook al zou je honderd jaar worden. In Engeland gedraagt men zich voorbeeldig in de jeugdherbergen, maar onder mij slaapt een lilliputter van naar schatting zeventig jaar, die op een racefietsje het land doorkruist. Het mannetje heeft of een heel klein blaasje of een vergrote prostaat. Gevolg: hij moet elk uur een plas doen. Eerst voel ik een soort gerammel in mijn bovenbed, dat me wekt. Daarna wordt een lantaarn aangeknipt en begint een schier eindeloos gestommel. Het mannetje is namelijk ook nog kippig (klein, stalen brilletje wordt 's avonds zorgvuldig opgeborgen in een etui, daarna etui in een tasje en tasje in een rugzak). Hij begint met te onderzoeken waar hij uit bed kan stappen. Hij heeft daar de volgende methode voor: midden op bed gaan zitten en voetje uitsteken tot hij de grond voelt (of de ijzeren spijl van de achterkant van het bed of de muur, waarop het voetje haastig weer wordt ingestulpt). Onderwijl zwaait hij met de zaklantaarn, kreunt, spreekt af en toe onverstaanbare woorden (of zijn het klanken?). Tijdens deze expeditie, die heel veel tijd vergt omdat het mannetje erg voorzichtig is en maar een kort beentje heeft, lig ik in het bed heen en weer te schudden, met een helaas onvoorspelbare regelmaat, niet veel, maar net genoeg om je klaarwakker en spinnijdig te maken. Trouwens: na het voetje voelen begint de tweede etappe van de kleine expeditie. De man neemt de rugzak op het bed (hij zit nu op het bed met de voeten op de grond) en begint naar het tasje te zoeken (dit alles met één hand, de andere hand houdt de lantaarn vast). Duurt eindeloos lang. Na het tasje zoekt hij het etui. Duurt ook eindeloos lang. Ten slotte wordt de bril opgezet, waarvoor het mannetje zich kromt. Hij verlaat sloffend de slaapzaal. Ik hoor het doortrekken van een wc. Daarna keert hij terug en kan dan ondanks de helder schijnende lantaarn nauwelijks zijn bed terugvinden. Als hij eenmaal het bed heeft gevonden, herhaalt zich het bovengenoemde ritueel in omgekeerde volgorde.

Na één nacht het ritueel zeker zes maal gehoord en gevoeld (en bij gedeelten gezien) te hebben ben je niet alleen apathisch wegens slaapgebrek, maar ook voornemens wraak te nemen.

De tweede nacht (ook de laatste die wij in deze jeugdherberg zullen doorbrengen) slaapt de lilliputter nog steeds onder mij. Wat kan ik doen? Fietsbanden leeg laten lopen, rugzak wegnemen of iets anders, wat eenvoudig (en flauw) is? Maar liever iets waardoor ik hem aan zijn bed kluister. Voor mijn part ledigt hij zijn blaasje in bed. Veel kan het nooit zijn. Hoe kan ik hem weerhouden van een expeditie? Ik kan ook de deur afsluiten na zijn vertrek, maar dat zal zeker niet de gewenste uitwerking hebben. Hij zal op de deur bonzen, iedereen wakker maken. Maar misschien zal hij, na eenmaal weer binnengelaten te zijn, niet opnieuw naar buiten durven gaan. Dat lijkt me toch de beste mogelijkheid. In de kamer slapen maar vier mensen, dus zoveel heisa zal een en ander niet geven.

Ik wacht op zijn eerste expeditie. Ik laat hem de eerste expeditie in de hoop dat het ook de laatste zal zijn. Als hij terugkomt, zorgelijk kreunend, en zich moeizaam onder mij nestelt, begint hij evenals de vorige nacht in het bed te woelen. Ik zwaai eenvoudig heen en weer in de kamer en vervloek de kleine blaaskikker. Het is geheel donker in de kamer. Op het bovenbed naast mij slaapt Ammer. Onder hem slaapt een dikke Engelse jongen die van tien blaaskikkers nog niet wakker zal worden. Mogelijk zal alleen Ammer het bonzen op de deur horen. Het plan is goed. Ik hoor het gesnuif van het kereltje. Na een goed half uur begint hij in de rugzak te rommelen, na langdurig voetje voelen. Zodra hij de kamer verlaat zal ik de deur afsluiten. Het mannetje schuifelt over de vloer. De zaklantaarn werpt een onzeker licht over de bedden. Plotseling richt Ammer zich op in zijn bed en begint met zijn armen te zwaaien. De schaduw van zijn armen is levensgroot op de muur aanwezig en bepaald angstaanjagend. Het mannetje staat doodstil in de kamer. De lantaarn trilt in zijn handen (te zien aan de bewegende lichtbundel). Ik hoor de wind door de bomen joelen, buiten in de tuin van de jeugdherberg. In de kamer is het heel stil. Ammer beweegt zijn armen geluidloos op en neer. Zonder twijfel slaapt hij en droomt hij. Hij zit rechtop in zijn bed en de armen hangen slap omlaag na de verheven vlucht. Dan klinkt zijn stem in de ruimte, hoog en ijl en ver en onbereikbaar: 'Jakob, Jakob,' en hij gaat weer liggen en ik lig wat verwezen voor mij uit te staren, deze, ik zou bijna willen zeggen jammerklacht niet begrijpend. Ik voel mij gepakt door de stem, gewoon gegrepen. Wat betekent dat? Dit is niet normaal. Waarom niet normaal? Ik weet alleen dat het niet prettig is om zó bij je naam genoemd te worden, om geen sterkere uitdrukking te gebruiken. Het mannetje is ook geschrokken van de bewegingen en het vreemde stemgeluid. Hij verlaat de kamer, keert even later terug met de warden, neemt zijn rugzak op en verlaat opnieuw de kamer zonder nog terug te keren.

Nog éénmaal in de nacht hoor ik het doortrekken van een wc. Na het vertrek van het mannetje slaap ik uitstekend, hoewel het enige tijd duurt voor ik inslaap na het geroep van Ammer.

v

Ik moet eerlijk zeggen: ik weet niet wat ik moet denken van Ammer Stol. Soms denk ik: hij is een homo, maar niet zodra begint die gedachte vaster vorm aan te nemen, of er gebeurt iets waardoor ik het niet meer weet. Zijn gedrag waar het Jacqueline betreft (en dit geldt onverkort voor andere meisjes) is niet te begrijpen als je aanneemt dat hij normaal is. Ik heb met heel wat andere kerels over Jacqueline gepraat; zonder uitzondering zouden ze allemaal dolgraag met haar naar bed gaan, terwijl hij nonchalant met het kind omspringt en geen ander contact onderhoudt (volgens eigen zeggen, en ik zie geen reden om het te betwijfelen) dan een verheven literair contact, waarbij ze samen zwijmelen over de dichter Wordsworth. Maar je kunt moeilijk op de man af vragen: kerel, ben jij een homo? Het woord homoseksueel is zeer belast in studentenkringen in Leiden. Je kunt gewoon niet zeggen: ik ben een homo, want je ligt er onherroepelijk uit. Ik moet eerlijk zeggen dat ik het ook niet op homo's begrepen heb, maar als fenomeen op afstand heb ik geen bezwaar tegen ze, te meer daar ze zich niet voortplanten in het algemeen.

In het geval van Ammer kan het ook best zijn, dat puriteinse overblijfsels hem doen terughuiveren voor slapen met Jacqueline, maar aangezien zij wil moet ik dat haast uitsluiten. Geeft zijn omgang met Jacqueline dus reden tot verdenking, zijn gedrag in Ostende bewijst het tegenovergestelde, al kan hij natuurlijk uitsluitend met het hoertje gepraat hebben in het café. Ik moet het hem gewoon een keer vragen: kerel, ben jij met die hoer in Ostende naar bed geweest? Hij is te eerlijk om te ontkennen, dat is zeker.

Maar zijn belangstelling voor koorknapen? In Londen wilde hij elke middag om vier uur naar St. Paul's Cathedral. Hij stond zich daar (één keer ben ik met hem in die protserige kerk geweest) te vergapen aan de in lange pijen gehulde koorknapen. Maar het kan zijn dat de muziek hem zo boeide dat hij als gevolg daarvan de bewerkers van het wonder met zijn blik fixeerde. Wat muziek bij hem teweegbrengt grenst aan het ongelofelijke. Het is zijn godsdienst. Als hij over Mozart praat, zweeft hij duizend voet boven de aarde. Een soort extreme gevoeligheid voor een kunstvorm die ik nauwelijks normaal vinden kan.

En het vreemde roepen vannacht? Het kan zijn dat ik in zijn droom op het punt stond in de Theems te verdrinken en hij angstig op de oever stond te roepen, of dat hij me trachtte weg te lokken bij een grote Engelse paddestoel, waarbij hij een wat kinderlijk geluid voortbracht. Toch voel ik mij er niet gelukkig onder. Als Jacqueline zo mijn naam zou gebruiken, zou ik mijn kansen heel wat hoger aanslaan. Maar ik moet mij niet voorstellen voorwerp van aanbidding te zijn van een homo, alsjeblieft niet. Ik heb, nogmaals gezegd, niets tegen ze, maar laten ze wel van mijn lijf blijven.

Zijn wandelingen met de Deense wijzen in andere richting. Hij heeft gisteren uren met het kind gewandeld en bij wijze van 'mutual agreement' is overeengekomen dat zij (en haar vriendin) een gedeelte van de vakantie samen met ons zullen doorbrengen. Vanavond zullen we ze weer treffen in Streatly-on-Thames. Het ongeluk wil, dat de vriendin een lelijk, zwaar bebrild meisje is met een knoetje, sullige lange rokken en wat dies meer zij. Zou nog niet zo erg zijn als Ammer eens wilde ruilen, hij het knoetje, ik de langharige. Dat is tot nu toe niet gebeurd en ik vermoed niet dat zulks te gebeuren staat, te meer daar de langharige Deense geen enkele belangstelling voor mij toont. Eerlijkheidshalve dien ik eraan toe te voegen, dat de belangstelling van het knoetje voor mij niet groter is.

Het onderwerp van gesprek tussen Ammer en de Deense maakt opnieuw twijfelachtig dat het hier om een gezonde belangstelling gaat van Ammer. Ze praten (ik heb dat gisteravond in de jeugdherberg kunnen constateren) bijna uitsluitend over Duitse literatuur. Ze discussiëren over Hölderlin, Raabe, Stifter en dergelijke figuren, van wie zelfs de namen nieuw voor mij zijn. Toch verdom ik het om gedichten te gaan lezen voor een meisje. Dan nog liever de hoeren!

Zover ben ik nu. Ik heb enige reden om aan te nemen

dat hij normaal is, en iets meer reden om aan te nemen dat hij dat niet is. Zal hem intensief observeren als was hij de tortelduif waarvan ik het gedrag bestudeerd heb.

Na deze overdenkingen, waarvoor ik ruimschoots gelegenheid had tijdens het loodzware Engelse ontbijt, zijn we (Ammer en ik) de stad, zeg liever het dorp Canterbury, gaan verkennen. Ammer wil voordat wij dit al te liefelijke oord verlaten de kathedraal zien. Hoewel hij ongelovig is fascineren kerken en orgels hem. Van mij mogen kerkgebouwen zonder uitzondering allemaal worden afgebroken en ik stel mij onmiddellijk beschikbaar om de glas-in-lood ramen in te gooien. Het moet heerlijk zijn om kunstvoorwerpen te vernietigen, zeker die geheiligde kunstvoorwerpen waarvoor een diepe verering dient te worden gekoesterd. En als ik bedenk hoeveel boleten op het terrein kunnen groeien waar een kerk staat, ben ik in staat eigenhandig tot de sloop over te gaan.

De kathedraal van Canterbury is even lelijk als alle andere Engelse kathedralen, alleen wat ouder en viezer. Vanzelfsprekend is restauratie noodzakelijk en worden de bezoekers opgewekt om gul te offeren, van welk geld, naar ik aanneem, de aartsbisschop een vrolijk dagje uitgaat in Londen, alwaar hij in Soho met de poes speelt.

In het kerkgebouw is het vrij donker. Het is een lang, kil gebouw en de bezoekers drentelen rond als waren er tien begrafenissen tegelijkertijd. Ik wandel met Ammer langs de glas-in-lood ramen, waarvan één raam vrij nieuw is. Ammer vindt het lelijk, maar ik waardeer de heldere, frisse kleuren, heel anders dan de fletse kleuren van de andere ramen. Vervolgens verdwijnen wij onder het gebouw in een soort van catacombe, waar we orgelspel horen. Ammer loopt snel voor mij uit in de richting van het gekreun van het orgel en ik volg hem, mij een weg banend door de koppig drentelende mensenmenigte. Bij het orgel is een groot aantal kijkers aanwezig, die aandachtig de verrichtingen van een misschien vijftienjarige jongen gadeslaan. De jongen draagt een zwart pak, ondanks zijn leeftijd, en beweegt zijn vingers rap over de toetsen.

'Dat is Mozart,' zegt Ammer verbaasd.

'Is dat zo gek?' vraag ik.

'Pianosonates van Mozart op een orgel,' zegt hij.

Hij kijkt naar de jongen en ik vraag mij af of zijn blik te vergelijken is met mijn blik, als ik naar Jacqueline kijk. Maar ik weet het niet. Wat zou je in dat geval moeten waarnemen? Een soort spanning ongetwijfeld, een uitblijven van knipperen met de oogleden, de neiging tot staren. Maar als ik het nu bij Ammer waarneem, zegt me dat niets, daar ik a priori regels heb opgesteld volgens welke ik zijn blik beoordeel. Niets is gemakkelijker dan zien wat je wilt zien of niet zien wat je niet wilt zien. Slechts een in dit geval onbevooroordeeld toeschouwer zou mij kunnen helpen. Wat ik constateer is: hij kijkt gespannen naar de jongen, inderdaad, maar hij hoort Mozart, wat voor hem net zo iets moet betekenen als een streling van Jacqueline voor mij. Even later kijkt hij trouwens naar een Frans meisje. Ze praat Frans met een jongen, ongetwijfeld haar broer gezien de gelijkenis. Het is een heel mooi meisje (zwart haar, bruine ogen, niet mijn smaak), ik kan mij goed voorstellen dat hij haar bekijkt, bewondert, begeert, wat zou inhouden dat hij toch normaal is. Hij loopt naar de jonge organist. Als het kind een eindpunt heeft bereikt en het orgel zwijgt, zegt hij: 'You are playing nicely.'

Hij legt de nadruk op het woord nicely. De jongen bloost. Ze beginnen een gesprek over orgels. Dan vraagt Ammer: 'He' (hij wijst naar de Franse jongen) 'would like to play the organ for a moment. Isn't it possible?'

'I think it is,' zegt het Engelse organistje.

Ammer wendt zich tot de Franse jongen en zegt in niet op te schrijven slecht Frans: 'Je mag op het orgel spelen.'

De Franse jongen werpt een zeer dankbare blik op Ammer, welke door Ammer wordt beantwoord met een zacht gemompel en een diep rood op zijn wangen. En zo ben ik even ver als zo juist, hoewel dit blozen en de alweer strakke aandacht van Ammer voor het spelen van de Franse jongen mogelijk de voorzichtige conclusie: niet normaal, toelaten.

Als we de kerk verlaten, vraag ik hem: 'Een aardig meisje, die Française, leek je ook niet?'

'Ze leek op haar broer,' zegt hij. 'Het waren duidelijk broer en zus, maar zijn ogen waren mooier, donkerder.'

'Ja,' zeg ik nonchalant, 'een mooie jongen.'

'Ja, ja,' zegt hij. 'Boeiend, die wat verlegen manier van doen. En zij hem steeds aanmoedigen om te vragen of hij mocht spelen. Hij durfde niet en dan lachte ze meewarig en voelde hij zich opgelaten. Een leuk tweetal. Maar toch onbegrijpelijk om met je zuster op vakantie te gaan. Ontzettend!'

'Heus zo gek niet,' zeg ik. 'Ze maakt onderweg vriendinnen, zodat je op gemakkelijke wijze met een behoorlijk aantal meisjes in contact kunt komen.'

'Ja,' zegt hij, 'voor verlegen mycologen is dat de aangewezen weg, moet je denken. Er is niet altijd water en een fiets bij de hand. Maar een echte man heeft geen tussenpersoon nodig.'

'Rotzak,' zeg ik, 'het is onzinnig om je eigen handigheid als maatstaf te nemen in dit soort zaken. Vertel me nou eens: ben je met die hoer in Ostende naar bed geweest?'

'Nee, natuurlijk niet. Ik zal daar gek zijn. Maar hoe

97

weet jij dat ik iets met een hoer heb uitgespookt?'

'Je hebt een café bezocht met een hoer. Ik heb je gevolgd, ik wilde wel eens zien wat je zou doen, ik had zin om nog wat te wandelen.'

'Dat meisje was Lena Stigter, een meisje uit mijn klas op de lagere school. Ik herkende haar onmiddellijk en zij mij ook. We hebben wat gedronken op de ontmoeting en ze heeft me verteld hoe ze daar terecht was gekomen. Ze bood me een gratis nummertje aan, maar ik heb bedankt, je gaat toch niet met een klasgenoot naar bed, kom nou.'

'Hoe is het mogelijk!' zeg ik. 'Een klasgenoot. Maar ze was erg vies. Ik heb haar ook gezien, ik zou voor geld toe nog niet...'

'Ze was vroeger ook vies,' zegt hij. 'Ze had luizen!'

Ook dit gesprek brengt me niet verder. Hij heeft volkomen normaal gehandeld in deze situatie, ik zou niet anders gedaan hebben. Ik weet het niet.

We gaan liftend naar het noorden. In Engeland is liften eenvoudig. Een stevige bolknak doet wonderen. Met een sigaar Engeland rond! Meestal zijn de rijders niet-rokers en waarderen ze uitsluitend het gebaar: het omhoog houden van een bolknak. Tegen de middag bereiken we zo Streatly-on-Thames, een klein dorp, zoals de naam zegt gelegen aan de Theems. Een ideaal landschap: heuvels, water, bossen en geen toeristen, hoewel mij te vriendelijk. We brengen onze rugzakken naar de afdeling luggage van het station, waar een zeer dikke Engelsman ze in ontvangst neemt. Bij de Engelse spoorwegen werken of oude kleine magere mannetjes of jeugdiger en zeer dikke personen. De magere mannetjes hebben de tijd van de stoomlocomotieven nog meegemaakt en zijn als stoker begonnen. Het zware werk heeft ze klein en mager gehouden. De dikke employés hebben niet gestookt, zijn begonnen als lokettist of iets dergelijks. Tenminste: dat is mijn theorie om het opvallende verschil te verklaren.

We wandelen door het dorp. Het is helaas nog geen herfst, het enige jaargetijde voor een gezond denkend mens. De geur van rottende bladeren, zich vertakkende mycelia en de wondermooie kleuren van de paddestoelen zijn bijna het enige dat me werkelijk ontroert. Paddestoelen zijn de kroon op de schepping.

Het landschap is magnifiek. We wandelen door de bossen, waar het zware loof van de bomen mij een goede voedingsbodem lijkt voor aanstaande paddestoelen. Ondanks het feit dat hij mij niet begrijpen zal, waag ik het op te merken: 'Jammer dat het geen herfst is. Wat zullen hier mooie paddestoelen staan!'

'Hoe kun je het zeggen,' zegt hij. 'Herfst! Niets is mooier dan het augustuszonlicht op een donker bladerdak en de kleine vakjes licht en donker onder de bomen. Die afwisseling is zo prachtig. En jij ziet niets anders dan toekomstige bladaarde en vieze, stinkende paddestoelen. Ik denk dat we jouw voorkeur voor paddestoelen Freudiaans moeten duiden.'

'Ga je gang,' zeg ik droog.

'Globaal kun je twee vormen onderscheiden bij paddestoelen: een ronde vorm, de hoed, en een langwerpige vorm, de steel. Soms heb je alleen maar een hoed, soms alleen maar een steel.'

'Wat een idioterie! Twee vormen! Je hebt honderden, nee, duizenden vormen. Kleine driehoekige hoeden, kantige stelen, omgekeerde paraplu's en zoveel meer...'

'Goed, kan waar zijn. Maar de grondvorm is toch... Laat een kind een paddestoel tekenen en je ziet de ronde paraplu, de vorm kortom van een welgeschapen boezem.'

'Een sterk argument,' zeg ik. 'Maar goed, we zijn er! Een welgeschapen boezem. En natuurlijk is de steel een fallus. Als die Freudianen ooit de platvloersheid van hun duidingen gaan inzien, plegen ze allemaal zelfmoord! Godgeklaagde nonsens. Op dezelfde wijze kun je beweren, dat die geliefde ridders van jou uit de middeleeuwen niet anders deden dan met fallische symbolen, met zwaarden en speren op elkaar inhakken. En het schild is de moederborst, enzovoort. De toernooien zijn bijeenkomsten van doorgewinterde flikkers die elkaar met hun penissen te lijf gaan. Zo, wat vind je van dat idee?'

'Aardig, heel aardig. De ridders koesterden een hoofse liefde voor hun dames, maar dat had niets uit te staan met heteroseksualiteit, ze hielden van elkaar en konden het niet anders uiten dan tijdens de toernooien. Ja, werkelijk een mooi idee. Ik heb nooit in die richting gedacht, maar nu je het zegt... De zware harnassen als bescherming tegen de uitingen van liefde van de ander. Vandaar ook de weerzin misschien om met andere wapens te vechten, met bijlen...'

Hij neemt mijn veronderstelling al te serieus. Is dat een argument voor abnormaliteit? Het idee is voldoende voor hem om alle middeleeuwse ridders als homo te zien. Hij praat wat dromerig, zonder eigenlijk nog aandacht aan mij te schenken.

'Gezien de overheersende macht van de kerk konden ze het natuurlijk niet eerlijk bekennen dat ze zo waren,' zegt hij.

'Dus ridders zijn flikkers,' zeg ik bot. 'Maar volgens mij gingen de homo's het klooster in. Ik heb altijd gemeend dat daarom de kloosters ontstaan zijn: veilig opbergen van homo's. Niet om te bidden of te mediteren, maar om elkaar met zwepen te slaan.'

'Dat geloof ik niet,' zegt hij, 'de ridders gingen niet in een klooster, hoewel...'

Hij zwijgt. We wandelen door de bossen. Er zijn minder bomen nu en zo dadelijk zullen we het bos verlaten hebben. De zon staat hoog aan de hemel en overal hoor ik zingende, beter, spetterende leeuweriken. Langs de weg groeien hennepnetel, stalkruid, allerlei soorten andoorn en prachtige grassen. Voor een botanicus zijn de Engelse wegbermen goudmijnen.

Rechts van de weg is een hoog oprijzende heuvel waarop scheefhangende bomen groeien. Links is het bos en daarna een glooiende, dalende vlakte tot aan de Theems toe. Het uitzicht op dit punt is grandioos. We zien de heuvels aan de overkant, meestal groen begroeide heuvels, met hier en daar bomen en vlak bij het water (van dit punt is de Theems echter niet te zien) is een spoorlijn. Een trein rijdt door de vlakte. Het is een adembenemende aanblik: het zonlicht op dit landschap, en ik moet bekennen dat het mij ontroert, ook al groeien er geen paddestoelen.

'Laten we hier gaan zitten,' zegt Ammer.

'Helemaal voor,' zeg ik.

'Dit is het ideale landschap,' zegt hij, 'liefelijk, echt liefelijk en bijzonder mooi.'

'Je bent nog nooit in de Alpen geweest, kerel. Als je dat eenmaal gezien hebt praat je wel anders.'

'Maar dat zal niet zo vredig zijn en zo vriendelijk.'

'Nee, het is grimmig en groots en woester.'

'Ik denk dat ik dit meer zal waarderen, zegt hij, een brug en zonlicht op een traag stromende rivier in zwak heuvelachtig groen land. En dan voor altijd in het gras liggen sluimeren, zoals koning Arthur sluimert in het land van Avalon.'

'Het land van Avalon?'

'Ja, uit de Koning Arthur verhalen.'

'O, God, die ridders. Moet dat? Ik zei daarnet al dat het allemaal flikkers waren...'

'Daarom,' zegt hij, 'ik zou er heel goed bij passen.'

Hij heeft het gezegd, eindelijk. We zwijgen. Vanaf dit ogenblik hebben we elkaar niets meer te zeggen, denk ik. Het is voorbij. Een aardige jongen, te aardig. We liggen in het gras op de heuvel, hij kijkt, het hoofd van mij afgewend, uit over de Theems-vallei. Ik laat mij omlaag glijden langs de helling, een paar meter. Ik kijk naar de grassen. Niet veel bijzonders. Hij ligt daar maar. Hij is nu misschien al begonnen met zijn sluimering.

Tegen het eind van de middag komen dezelfde regenwolken van gisteravond. Logge monsters, die de zon verjagen. Als de eerste regen valt zeg ik: 'Zullen we gaan?'

'Ja,' zegt hij.

We wandelen zwijgend over de weg. Voorbij een bocht in de weg zien we de Theems. Er is een kleine waterval. Het geluid van het water is al te vriendelijk. Ik veracht dit vriendelijke land, het traag stromende water van de Theems, de terrassen aan de overkant van het water, de vlierbomen langs de weg. Ik ben in een soort paniekstemming. Ik zou willen wegrennen. Ik denk: hij is misschien verliefd op mij. Een afschuwelijke gedachte. Onverdraaglijk is het om voorwerp, slachtoffer van heimelijke liefde te zijn.

Na het eten in de jeugdherberg gaan we naar de 'Common Room'. De Deense zit zowaar op ons te wachten.

'Waar is je vriendin?' vraagt Ammer.

'We hebben ruzie gehad,' zegt ze.

'O,' zegt Ammer. 'Zullen we wat wandelen in de omgeving?'

'Ja,' zegt ze.

'Ga je ook mee, Jakob?'

'Nee,' zeg ik, 'ik wil een brief schrijven.'

Ze verlaten de 'Common Room'. Ik neem papier uit

mijn rugzak en schrijf: 'Beste Ammer. Na het praten over de ridders vanmiddag is het mij duidelijk geworden dat je een andere instelling hebt dan ik waar het seksualiteit betreft. Meen niet, ik hoop echt dat je me geloven wilt, dat ik jouw instelling (om het zo maar te noemen) verfoei of wat dan ook, maar ik geloof dat we beter doen om uit elkaar te gaan, dit om jou en mij verdere teleurstellingen te besparen. Ik hoop dat je mijn motieven begrijpen kunt. Ik hoop en verwacht dat ik jouw vakantie niet al te zeer verpest, te meer daar je ongetwijfeld een zeer plezierige vakantie kunt hebben met de Deense. Nu zij alleen is en jij ook, is er geen reden om niet samen verder te gaan, zoals ook al was afgesproken. Hartelijke groeten. Jakob Valler.'

Ik speld de brief vast op de rugzak van Ammer. Ik verlaat de jeugdherberg zonder me te bekommeren om de tien shilling die ik betaald heb voor de overnachting. In de tuin van de jeugdherberg heb ik een goed uitzicht over het dorp en de omringende bossen. Ik kijk angstig rond. Zijn Ammer en de Deense al weg? Ik zie ze niet. Het lijkt waarachtig wel of ik op de vlucht ben. Ik ga langs de rand van de weg staan onder de wegwijzer naar Londen. Ik zet mijn rugzak voor mij neer en houd een sigaar omhoog. Twee auto's rijden voorbij, de derde auto stopt.

'Where are you going, sir,' zegt een oude kalende man.

'London,' zeg ik.

'Please, come in. I'm going to London too.'

'Voor een lifter is Engeland een paradijs.

3 De zomerslaap

14 december, donderdag.

Ik rijd over de dijk in de richting van de stad. Ik ontwaar geen mensen in de stad: het lijkt een dode stad. De toren gloeit in het scherpe en heldere zonlicht. Op de toren zie ik de wijzers van de klok: het is twee uur. Op de dijk is geen verkeer. Ook op het wilgepad, aan de overkant van de vliet die langs de dijk ligt, rijden geen fietsen, wandelen geen mensen. Het water van de vliet is doodstil. Aan de waterkant groeien lissen, waarvan de gele kleur mij pijn doet. Aan de andere kant van de dijk is de rivier. Tussen de dijk en de rivier is een brede uiterwaard en op de glooiende helling van de dijk groeien rozen. Overal zie ik de bloeiende rozen, tot aan de rivier toe. Op de rivier varen geen schepen. Er is volstrekt geen geluid, geen beweging, geen verandering in het landschap. Het ligt volkomen statisch onder het heerlijke zonlicht. Ik hoor het geruis van de banden van mijn fiets en voel een ongrijpbaar geluk, terwijl ik tegelijkertijd huiver. Plotseling steekt de wind op. De rozen bewegen in de wind. Op het water ontstaan kleine golven. De wind wakkert aan. Maar in de stad is nog altijd dezelfde doodse verlatenheid. Ik hoor achter mij het hoefgetrappel van een paard. Ik rijd sneller over de dijk, voortgestuwd door de wind. Het paard loopt nu naast mij. Het loopt voor een koetsje waarin twee personen zitten. Het koetsje is klein, heeft de vorm van een tilbury en is bruin geschilderd. Ik zie een van de inzittenden, een jonge man. Hij heeft een matbruin gezicht. Hij glimlacht en kijkt naar me. Ze minderen vaart en rijden gelijk met mij op. Dan gaan ze weer iets sneller en ze houden rechts aan, zodat ik van de weg word afgedrukt. Ik rijd door het gras over de berm van de weg. Ik kan niet zo snel meer vooruitkomen en kijk lachend op naar de gebruinde jonge man, die mij glimlachend aankijkt. Ik kom langzaam tot stilstand in het hoge gras. Ook de koets mindert vaart en staat stil. De jonge man verlaat de koets. Ik kijk naar zijn voeten, die neerkomen in helderwit zand. Ik voel mij ontzettend gelukkig zodat het pijn doet. Mijn haar wappert in de wind, maar het lijkt alsof er alleen wind is bij mijn haar, want rozen en gras en water zijn onbeweeglijk, zoals zo-even. De jonge man loopt op mij toe. Hij duwt mij voorzichtig naar de rozen en we dalen de glooiende helling af. We banen ons een weg door de rozestruiken. Hij gaat nu voor mij uit en ik volg hem. Overal waar zijn voeten neerkomen is helderwit zand, vreselijk wit dank zij het zonlicht. De rozen wijken vaneen waar hij loopt. Hij gaat zo vanzelfsprekend, zo onbekommerd voorwaarts, tussen de stekelige struiken door dat ik hem wel volgen moet. Maar ik weet ook zeker dat ik niets liever wil dan hem volgen. De dwang is buitengewoon aangenaam.

Tussen de rozestruiken is een open plek, waar gras groeit, hoog gras. Hij gaat zitten in het gras. Ik ga naast hem zitten. Hij lacht nog altijd, dezelfde vrolijke, tevreden lach. Hij buigt zich voorover naar me, kijkt naar me en rekt zich uit en zakt langzaam achterover, wat ik ook doe, zodat we beiden in het gras liggen op de glooiende helling in het zonlicht tussen de rozen. Hij legt een hand op mijn borst. Hij streelt me. De pijn van het geluk wordt dieper, intenser. Hij streelt mij met beide handen en beweegt zich naar mij toe. Met aarzelende bewegingen streel ik ook hem totdat we dicht tegen elkaar aangedrukt liggen in het hoge gras. Soms houd ik op met strelen om naar het zonlicht op zijn gebruinde handen te kunnen kijken. De wolken hangen loodzwaar boven ons, onbeweeglijk. De rivier stroomt traag voort. Er zijn geen geluiden, geen vogels, niets. Hij ligt naast mij en streelt mij met beide handen terwijl ik gespannen wacht op de gevolgen van het strelen. Maar voor het zover is denk ik plotseling aan de andere man in de koets. Ik zou iets willen vragen, maar ik besef dat het onmogelijk is om geluid voort te brengen. Hij houdt op mij te strelen. De rozen worden bewogen door de wind en het gras buigt, deint, alsof er een verschrikkelijke windvlaag overheen gaat. Op de rivier vaart een klein schip met bolle zeilen voorbij, maar alles gebeurt geluidloos. Ik sta op, klim met veel moeite omhoog langs de helling, de struiken opzijduwend. Op de weg staat de koets. De andere inzittende houdt de teugels vast. Hij kijkt me niet aan. Ik voel me beklemd en de beklemming gaat over in ontzetting als ik de man herken. De man is oud. Hij wendt het gerimpelde gelaat naar mij en beduidt mij naast hem te gaan zitten en we rijden in de richting van de stad, waarboven zich donkere wolken samenpakken. Het scherpe zonlicht schijnt ondraaglijk fel op de huizen. Als we de stad binnenrijden, komen de mensen uit hun huizen. Ze versperren ons de weg. Ze openen de koets en sleuren hem naar buiten. Mij laten ze ongemoeid. Ze voeren hem weg en nog eenmaal kijkt hij om. Hij kijkt enigszins gelaten maar vooral minachtend. Aan de rand van de dijk gekomen blijft de menigte een ogenblik staan. Dan lijkt het of ze zich allemaal van de dijk af naar omlaag zullen storten, de diepte in, maar het gebeurt niet. Ik hoor maar één kreet, het eerste geluid op deze middag en hoewel ik van mijn plaats af niet zien kan wat er gebeurt, weet ik dat ze hem omlaag gooien en nogmaals hoor ik een kreet en dan staar ik niet begrijpend naar de zoldering van mijn kamer. Het eerste wat ik mij realiseer is dat het onmogelijk is op die plaats iemand van de dijk te duwen omdat er manshoge struiken staan. Hij kan dus nog niet dood zijn, denk ik. Ik heb de fiets in de berm van de dijk achtergelaten, ik zal die fiets moeten ophalen. Wat is dat ongelukkig, juist op deze dag. Ik heb meer geluiden gehoord dan zijn kreet alleen. Ook het hoefgetrappel van het paard heb ik gehoord en het geruis van de banden van mijn fiets. Maar het regende niet. Ik hoor duidelijk het geluid van regendruppels tegen het raam en het volgende moment besef ik pas dat ik in bed lig, dat er geen fiets opgehaald behoeft te worden en ook dat ze mijnheer Brikke niet omlaaggegooid hebben. Maar ondanks dat voel ik mij steeds schuldiger. Ik heb hem alleen gelaten. Vandaag begint de kerstvakantie. Ik ga naar huis en nog vanavond zal ik hem bezoeken, neem ik mij voor.

Mijn vader zit tegenover mij aan tafel, ik ben thuis. Dit zijn de enige ogenblikken in zijn leven waarop hij zijn godsdienst en bijbehorende maagpijn vergeten kan. Met niemand heb ik zoveel medelijden als met mijn vader. Medelijden geeft een verschrikkelijke binding met een ander, maar niet op voet van gelijkheid. Je kunt er niet voor uitkomen, want het is kwetsend voor een ander om aanleiding tot deernis te zijn. Maar wat niet uitgesproken kan worden woekert voort.

Mijn vader staart naar de pionnen die hem redding moeten brengen. Schaken verafschuw ik. Maar ik speel met hem vanwege het medelijden. Ik zou alles voor hem

107

willen doen, maar ik kan niets doen, behalve schaken. Ik herinner mij opeens een verhandeling over het schaakspel waarin werd geponeerd dat schaken niets anders is dan een gestileerde heropvoering van het Oedipusdrama. De almachtige koningin moet worden veroverd; dit kan alleen door de koning machteloos te maken, mat te zetten. Schaken met een vader: een werkelijk angstig exacte benadering van de Oedipussituatie. Ik kijk naar mijn vader. Zijn gezicht is rood. Misschien is hij inderdaad bezig de moeder te vangen. Mijn moeder! Toen mijn vader als jong kandidaat in deze stad beroepen werd, is zij hem om de hals gevallen. Zij woonde hier, zij is hier getrouwd, zij wil hier doodgaan. Mijn vader heeft onder haar druk alle beroepen van elders moeten afzeggen. Nu krijgt hij geen beroepen meer. Hij staat bijna dertig jaar in deze stad en is volkomen leeggepreekt. Zo te moeten leven is even absurd als ontstellend. De dodelijke omarming van een vrouw. Gevolg: een maagzweer. Als de maagzweer openbarst, komen de resultaten van vierenvijftig jaar gereformeerd leven naar buiten. Pus en etter!

Ja, de moeder vangen. Maar ik zou mijn moeder liefst willen doodschoppen. Ze is bemoeizuchtig en bigot. Haar verschrikkelijke, nooit aflatende zorg, haar neiging om zoals zij zelf zegt 'zich volledig weg te cijferen in de dienst van de Here God en voor mijn gezin' drukt als een last op ons allen. Het is maar goed dat ze zich zo vaak wegcijfert in de dienst van God, wat in concreto betekent dat ze 's avonds bijna nooit thuis is. Het zal goed zijn om van mijn vader te winnen. Kijk hem zwoegen met zijn Oedipuscomplex!

Op dat moment betreedt mijn moeder de kamer. Ze kijkt naar het schaakbord en zegt: 'Zit je te schaken? Moet je zo je tijd verdoen? Over anderhalve week is het Kerstmis! Zou je niet beter al aan je preken kunnen werken. Je moet negen preken maken!'

'Tien,' zegt mijn vader vermoeid.

'Schaken geeft de beste inspiratie voor het maken van preken,' zeg ik.

'Alleen het woord van God geeft inspiratie voor preken,' zegt zij.

'Hoe weet u dat? Hebt u wel eens preken gemaakt?'

'Ammer,' zegt mijn vader bezorgd.

Mijn moeder en ik kijken elkaar aan. Ze heeft geen weerwoord na de laatste opmerking. Ze haat me zoals ik haar haat.

'Zo, dus je bent weer thuis,' zegt ze minachtend.

'Zoals u ziet,' zeg ik. Daarmee is de begroeting afgelopen.

'Jij bent aan zet, Ammer,' zegt mijn vader.

'Tien preken,' zeg ik, terwijl ik een loper verschuif, 'tien preken.'

Mijn moeder gaat naar de keuken, ik zeg: 'Zal ik een preek voor je maken?'

'Jij? Zij zal het merken. Je weet dat ze niet wil dat ik preken van anderen gebruik.'

'Ik doe het in jouw stijl, dat merkt ze niet. Ik zal het proberen.'

'Eén preek minder, dat zou erg prettig zijn, graag.'

Bij de Laagstraat daal ik af naar een zelden betreden kade langs de haven. Tussen de kleine gele steentjes groeit onkruid. Op de kade liggen geteerd hout, brokken kurk en groene alg. Ik sta stil om de geur van het hout en het teer op te snuiven. Ze mengt zich met de geur van het water en van de meelfabriek aan de overkant van de haven. Die geur is een pijlsnelle verbinding met het verleden. Op het water liggen olievlekken die traag bewegen en zelfs in het licht van de lantaarns van de overkant zijn de kleuren te zien. Hoe snel veranderen de kleuren! De lucht is vochtig. Ik huiver even. In de haven vaart bijna geluidloos een olieboot. Ik loop over de hobbelige steentjes in de richting van de brug naar de Reegkade waar mijnheer Brikke woont. Zou hij thuis zijn? Zou hij mij na zoveel jaar nog willen ontvangen? Zeven jaar geleden heb ik hem voor de laatste maal gezien. Tijdens die zeven jaar is hij gearresteerd geweest op verdenking van ontucht met een jongen, niet eens een leerling, die hij toen al niet meer had trouwens. Bij gebrek aan bewijs is hij weer vrijgelaten, maar hij is vijf jaar te vroeg gepensioneerd en vertoont zich maar zelden in de stad. De mensen mijden hem zoals ik hem zeven jaar gemeden heb. Hoe vaak heb ik me niet schuldig gevoeld over het zonder één woord wegblijven, terwijl ik zijn beste leerling was zoals hij zo vaak gezegd heeft. Hij had trouwens niet veel leerlingen omdat men hem ook voor zijn arrestatie wantrouwde. Misschien is er jaren geleden ook wel eens iets gebeurd. Ik weet het niet. Ik loop over de brug naar de Reegkade en zie dat het licht brandt in het zesde huis, zoals ik het altijd genoemd heb. Ik loop langzaam over de Reegkade. De geuren van teer, meel en hout zijn sterker dan ooit. Ik trek voorzichtig aan de koperen belknop. In het huis hoor ik het geluid van de bel. Ik zie het gordijn bewegen voor het raam. Even later wordt de deur geopend en daar staat hij, veel ouder dan in de droom, veel gerimpelder. Hij kijkt aandachtig naar me. Ik voel me onbehaaglijk onder de blik van zijn schele ogen maar dan is er zijn stem, verbaasd en verheugd, ja, opgetogen.

'Ben... ben jij dat? Ja, warempel, hoe is het mogelijk. Dat had ik nooit kunnen denken, nietwaar. Ja, ja, je bent het. Wat ben je veranderd. Ik zou je haast niet herkend hebben. Kom je... kom je me opzoeken? Dat is lang geleden.'

Hij staart verrukt naar me. De ogen wijken vaneen, terwijl hij zegt: 'Kom binnen, kom snel binnen.'

'Ja, lang geleden,' zeg ik traag terwijl ik hem volg, 'te lang geleden, ik heb... ik ben zo maar weggebleven, ik...'

'Ik begrijp het,' zegt hij. 'Laten we daar niet meer over praten.'

We lopen door de donkere gang. Aan de wand hangen nog altijd hardstenen bordjes waarop in blauwe kleuren vissersschepen zijn afgebeeld en waaronder spreuken staan. Hij gaat mij voor naar de kamer, waar niets is veranderd. De zeven jaar schrompelen ineen tot een ogenblik. Het lijkt alsof ik hem gisteren nog bezocht heb. Het gevoel terug te zijn in het verleden is zo sterk dat ik bijna dwangmatig naar de piano loop, zoals ik vroeger deed als ik les had.

'Wil je weer les hebben,' zegt hij lachend. 'Ben nu te oud. Ik kan je niets meer leren. Maar speel eens iets voor me. Je zult het nu vast ver gebracht hebben. Ondertussen maak ik koffie.'

Ik open de piano. Ik speel een sonate van Scarlatti (Longo 23), een van de meest dromerige en poëtische die hij geschreven heeft. Hij vergeet de koffie, staat naast mij en luistert.

'Mooi, Ammer, heel mooi. Scarlatti, nietwaar. Ik weet nog wel iets, al ben ik oud. Je speelt goed, Ammer. O, ja koffie.'

Hij opent de deur van de keuken. Hij praat snel, opgetogen.

'Wat een verrassing. Ammer Stol! Dat had ik nooit kunnen denken. Wel hopen hoor, dat wel. Ik wilde je graag nog eens terugzien, maar ja, om zo maar naar je huis te gaan. Ik hoorde dat je student bent, studeert. Dat is toch zo, nietwaar? Wat studeer je?'

'Engelse taal- en letterkunde.'

'Ja, ja, Engels! Dat heb ik ook gehoord. Och, ik hoor niet zoveel. De mensen willen me niets vertellen, zie je. Ze weten zoveel, te veel van me, denken ze. Ze moeten me niet. Eigenlijk zou ik weg moeten gaan uit deze stad. Maar ik houd zo van de stad, van de haven, van het water, van de kerk. Ik heb hier mijn huis. Zo, zo, Ammer Stol... Koffie met suiker en melk, nietwaar?'

'Ja,' zeg ik.

'Ik ontmoet eigenlijk nooit iemand, zie je. Soms nog wel eens oude vrienden van vroeger of oud-leerlingen. Maar na... na... ach, je weet wel wat ik bedoel natuurlijk. Na dat zie ik eigenlijk niemand meer. Soms de dominee en de ouderlingen. Heb ik wat aan, zulk bezoek. Allerlei gezeur over de bijbel en of ik geen berouw heb van mijn zonden. Maar ik heb geen berouw, nooit, nooit, want het is geen zonde, geen zonde. Dat zeg ik ook tegen de dominee en de ouderlingen en dan lezen ze dingen voor uit de brieven van Paulus of over Sodom en Gomorrha. Maar de apostel Paulus...' (Hij zwijgt even en komt voor mij staan.) 'Zal ik je eens iets zeggen, Ammer. Die befaamde doorn in het vlees! Heb jij daar ooit over nagedacht, Ammer? Die man was natuurlijk ook homofiel... Zo noemden ze me in de rechtszaal. Hij schrijft niet voor niets halve brieven erover vol. De ruzie met Barnabas? Echt de ruzie van een man die bij een andere man zijn zin niet krijgen kan. Ja, ja, echt een homofiel... Ze hadden nog een ander woord bij die rechtszaak...'

'Pederast,' zeg ik rustig.

'Ja, dat woord. Laat het waar zijn. Maar Paulus...'

'Onlangs,' zeg ik, 'heb ik iets gelezen van een Engelsman, John Cowper Powys. Hij zei ook dat Paulus een seksuele afwijking moet hebben gehad.'

'Nou, zie je wel. Och, jij bent nu zo geleerd. Jij weet dat beter dan ik. Maar zeg me nu eens, Ammer, vind jij het zondig?'

We zwijgen. In de kamer zie ik twee grote luidsprekers en een nieuwe pick-up. Dat had hij vroeger niet.

'Geweldig, een stereo-installatie...' mompel ik. 'Zondig, zondig, wat is zondig...'

Ik zwijg opnieuw. Het onderwerp is te pijnlijk om over te praten, te meer daar ik... Maar hij kijkt naar me en verlangt een antwoord en dan zeg ik: 'Nee, het is niet zondig, dat weet ik zeker. Je wordt geboren met de afwijking, met het anders zijn. Wij zijn ermee geboren. Het is net zo min zondig als het hebben van bruine ogen of blond haar, of...'

'Wij... Ammer. Bedoel je jij ook?'

En voor de eerste maal in mijn leven zeg ik openlijk wat ik geweten heb vanaf mijn zeventiende jaar, maar wat ik heb verzwegen, hoewel er misschien twee of drie mensen zijn die iets vermoeden.

'Ja, ik ook, evenals u.'

'Ik heb het geweten, jongen, vanaf de eerste dag dat ik je zag. Dat was bij de spoorbomen, waar nu een tunnel is, weet je wel. Je stond daar zo rustig! Je keek naar me. Ik zag het. Zo'n zacht kind, net zoals ik vroeger. Een bang, schuchter kind. Ik heb het niet willen geloven, mezelf tegengesproken. Maar ik wist het. Zie je en het spijt me dat ik... dat ik... nou ja, je begrijpt me wel. Ik had het niet moeten doen, toen nog niet, je was een gevoelig kind, echt nog een kind, al was je toen al dertien.'

'Veertien. Maar laten we er niet meer over praten. Het is gebeurd. Ik ben ervan geschrokken, dat wel. Maar wat geeft dat. Het is voorbij.'

'Nee, nee, niet voorbij. Omdat je geschrokken bent, zul je nu zelf moeite hebben om, zul je er niet zo gemakkelijk voor uit durven komen dat je een jongen die je kent, aardig vindt. Je bent heel terughoudend, heel verlegen en je weet nog hoe je het zelf hebt ondervonden toen ik...'

Ik verbaas mij over zijn helder inzicht in mijn verschrikkelijke schuchterheid als het gaat om toenadering zoeken tot een ander mens. Maar ik zeg: 'Onzin, hoor. Weet u wat het is: als je iemand aardig vindt, is de kans nog maar zo klein dat hij ook zo is. Voor een gewone jongen is het niets bijzonders om een meisje te benaderen, want als ze niet wil, ach, dan is dat niet omdat ze niets voelt voor jongens in het algemeen, maar alleen omdat ze niets voelt voor die jongen in het bijzonder. En ze zal die jongen niet verafschuwen omdat hij haar leuk vindt, ze zal het niet als een belediging ervaren. Maar ik, wij... Hoe groot is de kans dat je iemand ontmoet? We zijn allemaal bang om ons bloot te geven, dus hou je je op de vlakte. En zo gebeurt er niets, helemaal niets.'

'Ammer, wat praat je nuchter. Misschien is het dat alleen, maar toch geloof ik het niet. Heb je ooit wel eens een vriend gehad?'

'Nee,' zeg ik.

'Is er dan werkelijk niemand? Maar waar wij ook door worden gehinderd, weerhouden, jij ook denk ik, is het geloof.'

'Geloof?'

'Ja, de bijbel. Maar het is niet zondig, nietwaar? Ik geloof het niet, het kan toch niet. Wat denk jij?'

'Heb ik al gezegd. Maar het houdt u wel bezig, geloof ik. Mij niet zo erg meer. En dan: in de bijbel heb je toch ook de geschiedenis van David en Jonathan.'

'Ja, ja, dat is waar. Toen ik zo oud was als jij heb ik dat ontdekt. Jongen, Ammer, ik was zo blij. Ik had nooit iets gehoord hierover, nooit. Maar ik wist van mezelf... Toen las ik die geschiedenis. Uw liefde is mij meer dan de liefde der vrouwen. Maar toch... Paulus...'

'Ook homoseksueel,' zeg ik lachend en we zwijgen.

Met driftige gebaren roert hij in zijn koffie, kijkt niet naar me. Dan zegt hij: 'Zal ik je eens iets vertellen, Ammer.'

Hij zwijgt opnieuw, heft het hoofd op alsof hij iets wil horen. Ik luister naar het zachte gekabbel van het water van de Reeg.

'Ik geloof niet meer in de bijbel,' zegt hij.

Ik zie dat het hem veel moeite kost om dit te bekennen. De ogen staan ver uit elkaar en hij kijkt nog altijd niet naar me. Hij lijkt heel oud in het lamplicht, een heel oude, eenzame man.

'Wat vind je daar nu van, Ammer?'

'Ik...'

Ik weet werkelijk niet wat ik moet antwoorden. Ik kan zeggen dat ik ook ongelovig geworden ben, maar ik weet niet zeker of het waar is wat hij zegt en als hij hoort dat ik het christendom alleen nog maar als een lugubere grap kan zien, zal hij zeker geschokt zijn. Bovendien: wat moet hij met een dergelijke bekentenis van mij beginnen?

'Dat meent u niet,' zeg ik, 'u bedoelt dat er sommige dingen zijn in de bijbel die u niet gelooft.'

'Ik weet het niet, Ammer. Erfzonde en voorzienigheid en uitverkiezing en genade en verzoening en zonde. Wat een woorden! Als ik ze hoor, lijkt het net alsof die woorden lang geleden gestorven zijn. Het zijn net dode ratten, zoals je ze hier op de kade wel eens vindt. Je schopt ze in het water en je denkt: gelukkig, weer zo'n kreng dood! Want die woorden zijn zo onbarmhartig, zo wreed. Ook genade en verzoening als er alleen maar genade en verzoening is voor mensen die niet zijn zoals jij en ik. Maar die woorden zijn dood, dood, nietwaar.

Maar gelukkig is er nog muziek! Dat leeft. Zullen we

naar iets luisteren? Mozart?'

'Ja,' zeg ik.

Wat is de muziek van Mozart toch ontzettend introvert, denk ik bij het tweede deel van de Sinfonia Concertante voor viool en altviool, die mijnheer Brikke heeft opgezet. Het is als een geest die zacht in zichzelf fluistert. Het is muziek van een eenzame. Mozart bevrijdde zich van zijn eenzaamheid middels zijn muziek, hij investeerde zijn ongewone geschiktheid voor eenzaamheid in muziek. Van buiten hoor ik de geluiden van de krijsende meeuwen boven de Reeg. De straatlantaarns schijnen door dunne gordijnen. Het geroep van de meeuwen mengt zich met de muziek van Mozart. Het licht van de straatlantaarns met het lamplicht in de kamer van Brikke. Alles vervloeit, alle verschillen verdwijnen. Waarom is het niet mogelijk om het verschil tussen hetero- en homoseksualiteit op te heffen, denk ik.

Na het bezoek aan mijnheer Brikke wandel ik laat op de avond nog langs de Maaskant. Het is vochtig buiten, hoewel het niet regent. Bijna mistig. In dit weer ontstaat door wandelen buiten als vanzelf een prettige onverschilligheid tegenover de godsdienst, de homofilie. Langzaam wijkt de beklemming die een gevolg was van het bezoek bij Brikke. Wat afschuwelijk om zo te moeten leven! Langs de spoorlijn staat een vuurtorentje. Ik beklim de ijzeren draaitrap. Boven op het platform heb ik een goed uitzicht over het rustige water van de Maas. Het licht van de afnemende maan valt over het water. Hier zou je een winterslaap moeten houden, maar niet alleen in de winter, altijd. Voor altijd in het gras liggen sluimeren, heb ik Jakob gezegd. Nee: niet in de winter, in de zomer. Slapen in een altijddurende zomer, een zomerslaap, geen winterslaap. Soms de ogen openen en naar het traag stromende water kijken, denken: dit is het water des levens.

20 december, woensdag.

In de loop van de avond wordt er plotseling lang en nadrukkelijk gebeld. Mijn moeder en zusje zijn niet thuis. Mijn vader ligt in bed. Ik open de voordeur. Een kleine, gebogen man.

'Mijnheer,' zegt hij opgewonden, 'ik liep vanavond langs de kerk, de gereformeerde kerk, en daar viel me opeens het woord van de Here in: "Voegt u bij deze wagen." Nu wil ik me direct laten inschrijven in het register van de kerk. Is de dominee, is uw vader thuis?'

'Hij is ziek en ligt in bed.'

'Ik moet het doen. God sprak tot mij. Kunt u me inschrijven of kunt u het doorgeven aan uw vader?'

'Ja, dat kan wel.'

Ik schrijf de naam van de man op een papiertje. Ik zeg hem dat hij eigenlijk bij de scriba van de kerk moet zijn, maar dat het zo ook kan en ik ga met het papier naar mijn vader. Hij zit rechtop in bed, omringd door donkere dogmatische werken. Als de kerstdagen en oud en nieuw voorbij zijn zal hij weer uit bed komen, het bed dat hij nu alleen maar verlaat om te gaan preken. Een martelgang.

Als mijn vader de naam van de man ziet zegt hij: 'Die man verandert maandelijks, altijd na een ingeving. Waardeloos. Maar, Ammer, die preek is goed, die gebruik ik. Was je ook maar dominee geworden, jij kunt het. Ik zal hier en daar iets veranderen, het wat inkorten, dan merkt zij het misschien niet dat jij... Op eerste kerstdag zal ik hem gebruiken. Goed?'

'Natuurlijk. Zal ik nog een preek maken? Voor oude-

117

jaarsavond? Over de voorzienigheid Gods?'

'Ja, heel graag. Overigens heb ik... heb ik vaak gedacht dat je niet meer geloofde, niet meer zo gelovig was, maar als je dit leest zou je toch denken...'

'Och,' zeg ik, 'niet meer gelovig, misschien een beetje sceptisch soms.' (Huichelaar, denk ik, maar ik kan hem niets zeggen, het zou de maagpijn verergeren. Toch is het laf. Huichelen uit medelijden.)

'Maar zo sceptisch dat je daardoor geen belijdenis kunt doen?'

'Belijdenis doen,' zeg ik aarzelend, 'dat kan niet. Die drie formulieren van enigheid, dat is... die zijn onbijbels. Daar wil... daar kan ik geen ja op zeggen.'

'Maar de tafel des Heren blijft zo voor je gesloten,' zegt hij.

Hij zucht en kijkt me aan. We hebben er al zo vaak over gepraat. Hij meent het goed. De tafel des Heren, avondmaal. Heeft één goede kant. Hoeft hij geen preek te maken, alleen maar als ober te fungeren, een rustig baantje.

21 december, donderdag.

Namiddagen in de duisternis van de kerk. Als ik naar de kerk wandel is het nog licht. Winterlicht. Grijze lucht. Ik denk aan de zomer. Overvloedig zonlicht op de ramen en toren van de kerk. Rondom de kerk de huizen in hetzelfde zonlicht. De lome dreiging van de hete namiddag. Omstreeks half vier in de middag is het hier altijd doodstil. De vogels zwijgen, de mensen zitten in de huizen, waarvan de gordijnen gesloten zijn. Wat is het dat je bang maakt? De schaduwen? De helderheid van het licht? De zonbeschenen leegte is dan tegelijk beangstigend en groots, wreed en heerlijk.

Nu, in de winter, is het heel anders. Op het kerkplein worden kerstbomen verkocht. Terzijde een kraam met kerstballen en meer kitsch. Met moeite lukt het mij om het woud te doordringen.

Het is al bijna duister in de kerk. Op de manualen schijnt het licht van de orgellamp. Daar buiten duisternis, kou. Bijna de volmaakte eenzaamheid, denk ik. Niet te vervolmaken. De deur van de kerk wordt geopend. In het licht van de opening zie ik een kind, waarschijnlijk de kleinzoon van de koster. Over de stenen vloer komt hij naar mij toegewandeld. Allengs wordt zijn gezicht duidelijker. Het lijkt een engel die uit de duisternis gewandeld komt. Hoe oud zal hij zijn? Twaalf jaar misschien. Zelden zag ik een mooier jongetje. Om te huilen zo mooi. In de gebaren een lichte verstrooidheid, waardoor ze iets broos krijgen, iets breekbaars. De schuwheid van het jongensgezicht, een baardeloos gezicht. Het gladde voorhoofd, de volkomen regelmatige lijnen van het gezicht, de wenkbrauwen fijner getekend dan bij een vrouw mogelijk zou zijn.

'Bent u hier al lang?' vraagt hij.

'Ja,' zeg ik.

'Ik hoorde u spelen.'

Zijn stem klinkt ernstig, zo ernstig als de stem van een kind klinken kan.

'Wilt u iets voor me spelen?'

Als hij het vraagt, houdt hij het hoofd iets gebogen, terwijl hij me aankijkt met zijn glanzende bruine ogen waarop het licht valt van de orgellamp.

'Zeg maar wat je wilt horen.'

Even lijkt het alsof hij iets ouder wordt. Daarna legt hij een vinger langs zijn neus. Tot op het laatste moment verkeer je in onzekerheid of hij zijn vinger naar zijn gezicht zal bewegen, zo rustig zijn zijn bewegingen.

'Ik wil horen...'

Hij neuriet een melodie, waarin ik met moeite het koraal uit cantate 147 van Bach herken. Ik speel het koraal op het orgel. Terwijl ik speel kan ik van terzijde het jongensgezicht zien, ernstig met de nauw vaneen geheven lippen, de zeer kleine rimpels boven de ogen die de aandacht verraden.

'Het is mooi,' zegt hij. Hij kijkt naar me, glimlacht even en zegt: 'Dank u wel, mijnheer. Nu ga ik weer naar huis. Dag, mijnheer.'

Hij holt weg door de kerk. Jongensgezichten hebben nooit zoveel indruk op mij gemaakt. Maar ditmaal wel. De verwarring die me bevangt, kan ik alleen maar in een langdurige improvisatie opvangen. Tijdens de improvisatie ontstaat een heel aardige melodie. Een liefdeslied, denk ik bitter.

Als ik de kerk verlaat, zie ik dat de jongen de deur naar de hal heeft laten openstaan. Hij heeft de lampen in de hal laten branden. Door de deuropening straalt het licht de kerk binnen, een smalle lichtstreep. Ik duw de deur zacht heen en weer. De streep verschuift over de banken. Aan het uiteinde verbreedt hij zich. Ik voel een eigenaardige beklemming bij dit licht. Ik kijk naar de hoge ramen, die van buiten verlicht worden door straatlantaarns. In het glas zijn voorstellingen aangebracht. Hoe goed ken ik die niet! Ik voel me verdrietig als ik naar ze kijk. Hetzelfde verdriet als bij het maken van de preek voor mijn vader. Die voorstellingen en die preek hadden vroeger een bijzondere inhoud, die in de loop der jaren vervaagd is. Ik zou nu andere voorstellingen willen zien en niet over de geboorte van Christus een preek willen maken, maar over David en Jonathan, Saul te Endor. Door het verlies van mijn geloof hebben de zo vertrouwde voorstellingen een andere betekenis gekregen. Maar de herinnering aan het vertrouwd zijn met de beelden blijft, en door mijn ongeloof voel ik mij ontrouw tegenover mijn herinneringen. Dat besef van ontrouw is pijnlijk.

Ik kijk naar de voorstelling van de wederkomst van Christus. De rivier van het water des levens, helder als kristal, ontspringend uit de troon van het lam. Het geboomte des levens dat twaalf maal vrucht draagt. Nog altijd hebben die woorden hun klank niet verloren, hun mysterieuze klank, die mij zulke weidse en vreemde gevoelens gaf. De weemoed omdat de gevoelens geen reële basis hebben. Christus en Paulus serieus nemen is een hoge prijs, te hoge prijs betalen om het water des levens te doen ontspringen. Ondanks dat blijf ik een soort hoop koesteren dat ergens het water des levens stroomt, vloeit. Vreemd dat ik juist dit niet opgeven kan, evenals de geest van God die over de wateren zweeft, alsof dit altijd het belangrijkste is geweest, belangrijker dan die schimmige Jezus. Maar het water des levens stroomt niet. Ook het geboomte des levens bloeit niet en draagt geen vruchten, want waar Christus verschijnt verdorren de vijgebomen.

24 december, zondag.

Nu heb ik al een paar maal mijnheer Brikke bezocht. Hij verwijt me dat ik me heb ingekapseld, geen vrienden heb, geen echte vriend. Hij zegt dat ik naar clubs moet gaan waar mensen zoals hij en ik bij elkaar komen. Maar nooit ga ik naar een dergelijke club, een sociëteit, nooit.

Hij praat als mijn moeder en mijn zusje. Zij zeggen: je moet trouwen. Zij weten niet dat ik zo ben, zij mogen het niet weten: vooral mijn vader, die niet over trouwen of vrienden praat, mag het niet weten. Hij zou sterven van verdriet, denk ik. Ja, eenmaal heb ik trouwplannen gehad, nu vijftien jaar geleden. Ik was acht jaar. Voor mij in de klas op school zat een meisje met lang, zwart haar: Lena Stigter. Ze was rooms-katholiek. Alle andere kinderen in de klas waren gereformeerd. Lena Stigter zou naar de hel gaan. Mijn vader en moeder hadden het zo vaak gezegd: alle roomsen gaan naar de hel als ze zich niet bekeren. Als Lena met mij trouwde werd ze ook protestant, dan zou ze niet naar de hel gaan. Het was goed dat roomsen naar de hel gingen, maar niet dit meisje. Ik vroeg haar ernstig: 'Wil je met mij trouwen?'

'Ja,' zei ze, 'dat is goed, breng me dan thuis vandaag.'

Ik bracht haar thuis. Ik trachtte te begrijpen wat het zou betekenen dat dit meisje naar de hel zou gaan. Bij de afschuw van en de vrees voor haar voegde zich een verlangen om zo te zijn als zij was. Ik wist niet waarom. Ik wist ook niet hoe ik mij de hel moest voorstellen. Vuur was er, altijd vuur, langzaam verbranden en toch niet doodgaan. Telkens als ik achter Lena zat hield het mij bezig. Ik zag het vuur dat haar verteerde. Ik hoorde haar huilen, gillen, schreeuwen. Vuur, vuur. Het lange, zwarte haar door vuur verbrand. Het was een kwelling. Maar het was mogelijk om haar te redden door haar te trouwen. Een paar maanden na mijn huwelijksaanzoek ontmoette ik een meisje op de haven.

'Waar zit jij op school?' vroeg ik.

'Op de openbare school,' zei zij.

'Is dat christelijk?' vroeg ik.

'Ben je gek? Natuurlijk niet.'

'Geloof je dan niet in de Here Jezus?'

Ze keek me verbaasd aan.

'Wie is dat?' vroeg zij.

Nu was ik verbaasd. Een meisje dat niet wist wie Jezus was.

'Je moet in de Here Jezus geloven,' zei ik met nadruk, 'anders ga je naar de hel.'

'De hel? Wat is dat?'

'Weet je niet wat de hel is?'

Ik begreep dat ook dit meisje naar de hel zou gaan. Zou dit een blinde heiden zijn, waarover ik zoveel gehoord had? Ik wist niet dat ze zo dichtbij waren. Ik keek naar haar. Het was een aardig meisje, een lief meisje. Ze zou naar de hel gaan tenzij een protestant met haar zou trouwen. Ik kon niet met haar trouwen, ik zou al met Lena trouwen. Dagenlang peinsde ik over dit probleem. Er was een oplossing. Misschien wilde mijn vriendje Peter Kreuk wel met Lena trouwen, dan zou ik met het andere meisje kunnen trouwen.

'Zou jij met Lena willen trouwen, Peter?' vroeg ik.

'Ze heeft luizen zegt mijn moeder,' zei Peter, 'dat doe ik niet.'

Ik wist geen andere oplossing. Eén van de beide meisjes zou voor eeuwig in de hel branden, voor eeuwig. En de meisjes waren aardig. Waarom? Ik hoorde de verhalen over Jezus en zijn discipelen. Die verhalen hadden nu een dreigende bijklank. Vuur, vuur. De hel is vuur. Langzaam verbranden en niet doodgaan. Ik ontmoette niet vaak roomsen of ongelovigen. Als ik een ongelovige ontmoette, dacht ik aan de hel. Naarmate ik ouder werd begon het probleem mij heviger te kwellen. Ik las over de jodenvervolgingen tijdens de Tweede Wereldoorlog. Joden waren vaak geen christenen en ondanks hun lijden in de concentratiekampen zouden ze naar de hel gaan als ze niet geloofden in Jezus. Ik vond de gedachte dat zij, beestachtig afgemaakt door de Duitsers, ook nog naar de hel zouden gaan dermate weerzinwekkend dat ik een afschuw voelde van God, hoewel ik nog in hem geloofde. Maar daar begon de twijfel aan het christelijke geloof. Het gevoel van onmacht ligt eraan ten grondslag, de onmogelijkheid om medemensen te kunnen vrijwaren van de eeuwige straf. Ongelovigen die ik ontmoette waren nog te redden door ze te bekeren, maar gestorven ongelovigen waren niet meer te redden. Er was trouwens sprake van willekeur. Zonder reden op te geven zei God: Jakob heb ik liefgehad, Ezau heb ik gehaat. Als ik mij nu voorstel dat het christendom toch waar is, hoop ik vurig dat God mij ook haat. Het is immers ook een zeer twijfelachtig voorrecht als iemand als Hitler op je gesteld zou zijn. Als dit absurde, diep onrechtvaardige systeem waarheid zou bevatten, is het oneindig veel beter slachtoffer te zijn van het systeem, van God, dan geredde zondaar.

Nu kan ik deze argumenten al bijna niet meer begrijpen, omdat ik niet kan begrijpen hoe ik ooit in het christendom heb kunnen geloven. Maar ik herinner mij het gevoel van opluchting nadat het geloof verdwenen was. Het gevoel van bevrijding is onvergetelijk. Het lijkt alsof je hersenen worden schoongespoeld, alsof je een nieuw leven begint. In volledige vrijheid kun je denken: Jezus was de zoon van God, maar je kunt ook denken: het was een goedaardige domkop die zelf niet wist wat hij wilde. Toen je nog geloofde, was de laatste gedachte een zonde. Het was uitgesloten dat je die gedachte zou kunnen denken. Maar omdat het uitgesloten was, wilde je die gedachte juist denken. Ook dat was zonde. Ze hield je bezig, wroette maar voort in je hersenen. En het leek steeds meer waar. Het werd een dwanggedachte, een repeterende zonde. De schuld werd groter, groter. Als je bad om vergeving voor de zonde leek het alsof iemand in je schreeuwde: hij was een domkop. Na het ongelovig worden kun je die gedachte gewoon denken. Je kunt argumenten voor en tegen opsommen en het lijkt je waarschijnlijk dat hij toch meer was dan een domkop, maar het interesseert je niet meer. Dat is normaal. Maar als je gelooft zijn er duizenden gedachten die niet gedacht mogen worden. Je hersenen lijken één grote verzameling van zulke gedachten en ze worden ook steeds produktiever in het aanmaken van die gedachten.

Bijna nog belangrijker dan de vrijheid van gedachten is het verdwijnen van het schuldgevoel na het verlies van het geloof. De opluchting na het wegsmelten van de schuldgevoelens is diep gelukzalig. Schuld is altijd echter dan vergeving, omdat de handeling die schuld veroorzaakt aanwezig is, gezien kan worden. Vergeving is niets, is ijl, onzichtbaar. Je weet nooit zeker of je vergeven bent. Ik zie het bij Brikke. Ook hij houdt zich bezig met het schuldig zijn. Houden van kleine jongens. Dat is echt, dat keert elke dag terug. Maar hij weet niet hoe God, in wie hij zo graag niet meer zou geloven, over zijn liefde voor jongens denkt. Dominees en ouderlingen vertellen hem dat het zondig is. Maar zondig of niet, het blijft. Zo is hij voortdurend schuldig en wordt hij nooit vergeven.

Zolang overigens zijn overtuiging mijn vader doodmartelt, zal ik wel nooit zonder rancune over het christendom kunnen nadenken. De pijnlijke groeven op zijn gezicht zijn de merktekenen van Christus, evenals de witte lippen; de handen, enigszins verkrampt bij de maagstreek. Maar eenmaal zal de dag komen waarop ik de bijbel zal lezen als de avonturen van de brave soldaat Schwejk. Ik zal getroffen worden door de tragiek in het leven van koning Saul en ik zal schelden op de man naar Gods hart, die nadat hij koning werd de meest gruwelijke schoftenstreken heeft uitgehaald die in het Oude Testament te vinden zijn, namelijk David, en ik zal een afkeer voelen van Jezus met zijn eeuwige neiging de we-

reld te verdelen in beminnaars en haters van zijn bloede-
loos koninkrijk en om Paulus zal ik hartelijk lachen. Ik
zal zijn kronkelredeneringen lezen zoals men de galgeliederen leest van Morgenstern. Ten slotte zal ik lezen
over het water des levens en over het geboomte des levens, dat twaalf maal vrucht draagt en over God, die de
tranen van alle ogen zal afwissen, helaas zeker wetend
dat het zover nooit komen zal.

Na mijn bezoek aan Brikke, waarbij hij kort voor ik ver-
trok, zei: 'Zie je, Ammer, als ik moet geloven dat het zondig is om van een kind, een jongen te houden omdat hij
zo mooi, zo schuw, zo verlegen, zo zacht is, dan houdt alles op voor me, dan is het net alsof ik het echtste, het
meest wezenlijke van mezelf moet ontkennen. Het zou
net zo iets zijn als zeggen dat het zondig is om van Mozart te houden, nietwaar? Dat kan niet, kan niet,' wandel
ik buiten in de kerstnacht. De klokken luiden. Het mistige, windstille weer draagt het gebeier van de klokken
door de stad. Van vier kerken luiden de klokken. De mist
dringt in mijn ogen en mijn haar. Zou alles vanwege de
mist enigszins omfloerst lijken? Heerlijke atmosfeer. Het
is doodstil in de straten die niet naar een of andere kerk
leiden. Over de dijk lopend is links van mij het grauwe
water van de Reeg. De weerspiegeling van de lantaarn-
lichten op het fabrieksterrein aan de overkant van het
water in het zwarte water is prachtig. De lantaarns stralen goedaardig. Om de lantaarns is een krans van vochtig
licht, niet begrensd door de duisternis maar in de duisternis overvloeiend. Het hout, opgestapeld in onregelma-
tige hopen op het fabrieksterrein, geurt naar teer, mist en
hars. Door de geur, die ik mij zo goed herinner, zie ik
mijzelf weer wandelen, jaren geleden, niet zo eenzaam,
niet zo gelukkig, maar wel dezelfde geur opsnuivend in

dezelfde vochtige alles weer goedmakende atmosfeer. Een wereld waaruit alle hardheid is verdwenen, door de vervloeiing van licht in duisternis, van droogte in vocht, van leven in dood. Op mijn jas ontstaan grijze pareltjes. Ik kan van hieruit de boogramen zien van de hervormde kerk. De ramen zijn verlicht. Vroeger was dat niet zo: verlichte boogramen in de nacht. Maar de grijze druppels op mijn jas herinner ik mij ook van vroeger. De herinnering is zo sterk dat daardoor de tussenliggende tijd verdwenen lijkt. Alleen dit ogenblik is belangrijk en de ogenblikken in het verleden waarop ik buiten wandelde in de avond, omgeven door de vochtige nachtlucht. Het is alsof ik wandel op een muur: diep onder mij zie ik ervaringen, gebeurtenissen van de laatste maanden, jaren. Ze lijken niet echt. Voor mij uit zie ik de avonden waarop ik buiten zal wandelen, alleen, als het mistig is. Ik zal mij, zoals nu, verheven voelen boven de afgrond onder mij. Telkens zal ik uit de afgrond oprijzen om voor een enkel uur mezelf te zijn, zonder afgrijzen, zonder verbittering, zonder pijn. Ik zal het steeds kunnen herhalen, zolang er avonden zijn in mijn geboortestad aan het water en ik de weerspiegeling kan zien van de roodgele lampen in het water.

Achter de ramen, waarvan de weerspiegeling in het water onvolledig is, wordt de geboorte gevierd van de zoon van God. Het lijkt me alsof ik er nog nooit zo ver van afgestaan heb als nu. Het past niet in deze mistige verlatenheid, waarin geen strakheid, hardheid, duidelijkheid bestaat. Het lijkt mij nu het voornaamste, zo niet het enige bezwaar tegen het evangelie: het ontbreken van nuances, van stemmingen, die een overgang zijn van licht naar schaduw, van blijdschap naar droefheid. Het christendom heeft geen begrip voor weemoed, die zwaarmoedige vorm van humor. In het evangelie is he-

lemaal geen plaats voor de gelukzaligheid van de duisternis. Er wordt gesproken over licht. Het licht der wereld.
Licht is geen diepte. Licht vervlakt alles. Licht maakt de
contouren scherp. Voor het licht verdwijnt alles wat vervloeit, wat verandert. Licht maakt star. Voor het licht,
voor de zoon, ja, voor God zelf is geen plaats in deze wereld. Zonder God is de wereld goed, want beweeglijk. Ik
voel mij van God verlaten, ik voel mij eenzaam, gelukkig.

Plezier om mijn min of meer toevallige vergelijking van
de brieven van Paulus met de galgeliederen van Morgenstern. Er is een gedicht van Morgenstern over een
schaatsenrijder. Hij rijdt in een cirkel, voortdurend, zodat
hij een wak uitsnijdt in het ijs en plotseling verdwijnt.
Beter kunnen de cirkelredeneringen van Paulus niet ge-
karakteriseerd worden.

25 december, maandag (eerste kerstdag).

Ik heb hier de best denkbare positie. Wie naar mij opziet,
verraadt zich door zijn opgeheven hoofd. Dat zal, behou-
dens de enkele schuwe blik van een liefhebber, die weten
wil wie achter het orgel zit, zodoende niet gebeuren. Ik
kan daarentegen vrij overal loeren. Elke kerkganger is een
gluurder. Gedurende het half uur dat de kerk vol-
stroomt, zie je allerlei blikken eindeloos en keurend door
het gebouw dwalen. De filosofie van Sartre is nooit beter
te bewijzen dan voor een kerkdienst. Hier is 'Le Regard'
oppermachtig. Sommigen slaan de ingangen nauwlettend
gade, streven daarbij zelfs naar een zekere taakverdeling,
zodat je de man bij voorbeeld onafgebroken naar ingang
A ziet kijken en de vrouw naar ingang B. Als er iets bijzonders gebeurt, stoot de een de ander aan en even spieden

ze beiden naar één ingang om dadelijk de oude positie weer in te nemen. Je zou iets kunnen missen! Wat bestuderen ze? De kleding van de kerkgangers, de frequentie van kerkbezoek, de paarvorming van jeugdige en minder jeugdige broeders en zusters.

Het is aardig om een schatting te maken van de hoeveelheid kerkgangers die voor dit half uur de kerk bezoeken. Niet weinig vermoed ik en ik grond deze veronderstelling op de slaperigheid, ja, de lethargie die deze mensen zal overvallen zodra de dominee binnenkomt. Op dit half uur teert de gemeenschap een week.

Mijn loeren is een loeren van de tweede graad, een loeren naar het loeren. Ik improviseer altijd op het orgel voor de dienst zodat ik niet naar muziek behoef te kijken en ongeremd mijn blikken kan laten dwalen over dit hartverheffende schouwspel.

Zoals altijd waarschuwt een belletje mij dat de ouderlingen en diakenen zullen binnentreden. Door de gedienstig opengehouden deur druppelen zij binnen. Ik stel mij de ontzetting van Christus in de hemel voor bij dit schouwspel: deze ganzenmars in zwart jasje en streepjesbroek, de gesloten, nietszeggende gezichten van de ambtsdragers, het geschuifel in de banken en de doffe plof als zij tegelijk gaan zitten. Ik zorg altijd juist voor deze plof mijn slotakkoorden te spelen, zodat de plotseling intredende stilte na het zwijgen van het orgel wreed verstoord wordt door dit geluid. Tussen dit moment en het moment waarop mijn vader zal binnenkomen is een angstwekkende leegte. De kerkgangers schuiven vreesachtig heen en weer op hun stoelen en bereiden zich voor op het opstaan zo dadelijk. Vroeger bleef men gedurende de gehele dienst zitten. Alleen enkele kaalhoofdige mannen stonden tijdens de gebeden. Nu staat men ook enkele malen op tijdens de dienst. Zo iets heet dan liturgievernieuwing. Er wordt langdurig over gestreden, de bijbel wordt erop nageslagen (tevergeefs) en uiteindelijk wordt een vernieuwing ingevoerd en iedereen praat over de verbetering, over de aanpassing van de kerk aan het moderne, jachtige leven en dat alles omdat men de collecte nu niet meer voor maar na de preek houdt, of omdat men twee psalmen zingt na de preek in plaats van één. En altijd zijn er koppige kerkgangers die de vernieuwingen zien als regelrechte uitvindingen van de duivel, die koppig blijven zitten als iedereen gaat staan of met man en macht een oude berijming zingen van een psalm terwijl de rest van de gemeente een nieuwe berijming zingt.

Mijn vader komt binnen. Na het zingen, bidden, bijbellezen en voorlezen van de Wet des Heren houdt hij de preek die ik voor hem gemaakt heb. Tijdens de prediking heb ik een vreemd gevoel van huichelachtigheid. Door mijzelf bedachte onzin, die nu door mijn vader uitgesproken, weerzinwekkend en vertrouwd klinkt. Ik ben blij als de dienst voorbij is en ik met mijn vader en moeder naar huis wandel. Zodra we de kerk uit zijn begint mijn moeder: 'Dat was geen preek van jou, Gerard.'

'O, nee?' vraagt mijn vader onschuldig.

'Nee,' zegt mijn moeder vinnig, 'kun je zelf geen preken meer maken?'

'Waar bemoeit u zich mee,' zeg ik, 'mijn vader is aangesteld om te preken. Gaat het u wat aan of hij de preken zelf maakt. Trouwens: de vrouw dient in de gemeente te zwijgen en dit is een zaak van de gemeente.'

'Gerard,' zegt ze, 'zeg hem dat hij zijn mond moet houden.'

Mijn vader mompelt zacht onverstaanbare woorden. Mijn moeder zwijgt. Ze is boos nu, maar ik heb voorlopig gewonnen.

26 december, dinsdag (tweede kerstdag).

Met Jakob Valler wandel ik door de donkere straten van Leiden. Bij elk verlicht venster kost het mij moeite mijn weg te vervolgen. Maar Jakob neemt mij elke keer bij de hand en we gaan voort.

'Je wordt een beroemd componist,' zegt hij.

'Dat kan niet,' zeg ik.

'Je zult een prachtige uitvoering geven van de Barcarolle van Chopin,' zegt hij.

'Dat kan niet,' zeg ik.

Bij een helder verlicht venster blijf ik staan. In de huiskamer zie ik veel kinderen. Ze zingen. Ik kan niet verstaan wat, hoewel ik het geluid hoor, maar ik weet dat het mooi is.

'Kom,' zegt Jakob.

Het woord is mysterieus, de duisternis een raadsel. We wandelen door een straat waar de vensters niet verlicht zijn. De huizen hebben geen tuinen, behalve één huis, dat ver bij de straat vandaan is gelegen. Er is een tuin, waarin kleine, blauwe bloemen groeien. Vanuit het huis klinkt een stem, onuitsprekelijk zacht, een fluistering, minder dan een fluistering.

'Ammer,' zegt de stem.

Het is de stem van mijnheer Brikke. Hij ligt ziek in het huis, ik weet het. Ik wandel langs het huis. Voor mij in de straat is een grote, bruine hond. Ik tracht hem ongezien te passeren, maar het dier springt tegen mij op en volgt mij. Ik ga sneller lopen en bereik een brede trap. Ik daal de trap af. Op de treden zitten zingende mensen. Hun gezang is niet te verstaan, maar het is mooi. Voordat ik tot het einde toe heb kunnen afdalen zie ik jongens die een kerkgebouw verlaten. Ze zijn gekleed in pijen, hoewel het ook lange, van ruwe, zwarte wol gebreide truien zouden kunnen zijn. Ze hebben donkerrood haar. Het zijn er erg veel. Ik moet ze laten passeren voordat ik verder kan lopen. De laatste jongens van de groep hebben zwart haar. Eindelijk wandel ik voorbij de kerk. Achter de kerk is een brede rivier, waarvan het water volkomen vlak is. Langs de rivier staat een huis, een paar bomen, meer niet. Er groeit geen riet langs het water. Ver weg, o, oneindig ver weg, zie ik Hugo Wildervanck. Hij zit gehurkt op de oever. Met zijn hand roert hij in het water. Ik wil hem roepen, maar ik kan geen geluid voortbrengen. Wat roert hij traag in het water! Ik wandel langs de rivier en zie een hoog gebergte. Ik beklim het gebergte. Niemand volgt mij. Er is een beambte die mij vraagt naar een pas. Ik toon hem een bladzijde uit een roman van Svevo en hij is tevreden. Hij laat mij passeren. Ik voel de wind, die aanwaait over de toppen. Ik sta op de top van de berg. Voor mij het landschap. Duizelingwekkend. Een diep dal, door zon beschenen. Helder, stralend, heerlijk zonlicht. Midden in het dal water, levend water. Waar is de boom die twaalf maal vrucht draagt? De wind voert warme lucht aan uit het dal. Op de toren beneden zie ik de wijzers van de klok. Toch weet ik niet hoe laat het is. Vreugde, verrukkelijke vreugde. De heerlijke warmte. De stroom, het water, levend water en nu zie ik ook de boom; de vruchten zijn helder geel gekleurd. Eén ding ontbreekt nog in het dal. Ik weet niet wat ontbreekt, maar als ik kijk, als ik naar beneden wandel, het dal in, zal ik het zeker zien. Ik moet goed kijken en wandelen, voorzichtig wandelen. Maar ik wil even nog blijven staan, voordat ik de berg afdaal, even nog en ik moet goed kijken, het in me opnemen, kijken naar wat ontbreekt. Het levende water...

'Ammer.'

Ik open de ogen. Ik voel de warmte nog van de lucht

uit het dal. Daarna volgt een verschrikkelijke woede, die niet een woede van mijzelf is, maar het zo dadelijk worden zal. Waarom storen ze me, nu ik het bijna zag, bijna omvatte, bijna wist wat er nog ontbrak.

'Ammer,' zegt ze, mijn zusje.

Ze staat in de deuropening van mijn kamer. De wangen en de ogen vlekkerig rood. Ze draagt een wit (zoals zij zelf zegt: romantisch) nachthemd, dat reikt tot aan de vloer. Ik sluit mijn ogen. Nog is het aanwezig, enigszins aanwezig, maar zonder de warmte, de geuren, waarvan ik mij nu pas bewust ben dat ze er waren en het onuitsprekelijke gevoel van geluk.

'Ammer, luister nou, luister...'

'Wat is er?'

'Ze zegt, moeder zegt, dat je niet meer gelooft.'

Haar lichaam schokt. Haar handen gaan zenuwachtig langs het witte gewaad.

'Zeg het me, Ammer, is het waar? Geloof je niet meer? Ik, ik kan er niet van slapen, ik heb steeds gehuild. Ik vind het zo erg als het waar is.'

'Nee,' zeg ik, 'het is niet waar.'

'Dan, dan ga ik weer. Je meent het toch? Je gelooft toch?'

'Ga maar slapen,' zeg ik.

'Zullen we, kunnen we... Ik zou met je willen bidden, Ammer.'

'Nee,' zeg ik. 'Huilende vrouwen zijn den Here een gruwel.'

Ze staat daar, even niet huilend, de handen in de zij als een vrouw die iets wil gaan poneren. Maar ze zwijgt. Opnieuw de tranen. Niets ergert me zo als het onmatige gehuil van dit meisje.

'Ga nu slapen,' zeg ik. 'Ik wil ook slapen.'

'Ik ga al,' zegt ze. 'Maar ik zou zo graag, had zo graag

met je gebeden. Dan weet ik het zeker, helemaal zeker.'

'Nee,' zeg ik. 'Het is midden in de nacht. Je kunt mij wel wakker maken, maar je kunt God niet zo maar uit zijn slaap bidden.'

Ze staart ontzet naar me, slaat opnieuw de handen voor het gezicht, wil gaan huilen maar huilt niet, kijkt op en zegt: 'Je bent een spotter.'

'Mieter op,' zeg ik.

Ze gaat. Ze huilt niet. Ze sluit de deur. Machteloze woede. Een droom, een heerlijke droom verstoord vanwege dat geloof, dat stomme, ongelukkige geloof. Als je een aanhanger bent is het altijd mogelijk dat je geluk verstoord wordt omdat een ander afvalt.

27 december, woensdag.

Tot zover alles doods. Een laan met bomen naast een brede verkeersweg. Een groot plein. Een viaduct onder de spoorbaan door. Vroeger was hier een overweg, een plein met een grote bloemenbak, een stenen rand langs de bak, waarover je lopen kon. Nu niet meer. Als ik het plein oversteek in het licht van de lantaarns kijk ik naar de lelijke, oranje knipperende verkeerslichten. Wat een afschuwelijke kleur! Over de haven ligt een brede brug. Voorbij de brug kijk ik uit over de haven. De cafés stralen licht uit over het nat glanzende plaveisel. In het water liggen de boten. Aan de overkant ligt de hervormde kerk, de kerk van mijnheer Brikke. De huizen, de gevels aan het eind van de Haven, waar de haven Reeg wordt genoemd, zijn oud en doen denken aan de dingen die voorbij zijn. De Reegkade is van hieruit niet zichtbaar, maar zal zijn zoals deze haven is in het vochtige, stemmingsloze weer, ongewoon mild voor de tijd van het jaar: een soort afspiegeling van grenzeloze verlatenheid.

Terwijl ik langzaam over de haven wandel, voel ik mij zo opgewekt als ik maar zijn kan. Er is een stemming zonder inhoud, waarbij zeker geen getob kan plaatsvinden. Ik denk aan de pijn van de verandering, aan het gelijk blijven zoals hier: nog altijd dezelfde gevels aan het eind van de haven, alsof er geen tijd is, geen Tijd is. Hoe breekbaar is deze zalige stemming. Aan het eind van de haven zal het voorbij zijn, omslaan in melancholie, wat het nu al is, maar een opgewekte, luisterrijke melancholie. Zal dat overblijven? Het water des levens hoeft niet te stromen, mag stilstaan zoals het water in deze haven, terwijl op het water hout drijft en olievlekken die mooi zijn in dit schaarse licht. Zou het dat zijn? Iets wat je uitkiest voor de eeuwigheid, heel weinig, een haven om eindeloos over te dwalen in de late avond, in vochtig windstil weer. Minder zelfs. Niet eens dwalen: alleen maar staan en kijken naar de gevels, de toren, hoog boven de fabriek aan de overkant, het neonlicht van de cafés. Toch nog zoveel. Wat is het eenvoudig om te kiezen wat je wilt laten overblijven van jezelf, van de wereld, alleen maar dit, deze stemming, deze rust.

Voor mij strompelt iemand over de haven. Ik vertraag mijn gang. Zou ik het verdragen om mensen toe te laten in dit rijk, als ik het mij toeëigenen kon? Neen. Zou ik eenzaam zijn met alleen deze haven? Wat is eenzaamheid? Dat is immers niets anders dan het ontbreken van iemand van wie je houdt. Maar ik houd van niemand en niemand houdt van mij. Hier ontbreekt mij niets. Ik ben alleen. De torenklok luidt. Een jongen slentert voor mij uit. Hij draagt een witte trui, ondanks de winter. Ik wandel sneller. Op de stoep van een café staan mannen. Ze zwijgen. Ze zijn gehuld in lange jassen, hun gezichten zijn wreed in het scherpe licht van de etalageruit naast het café. De jongen is verdwenen in een steeg.

Hij zit voor het raam en kijkt uit over de kade. In de Reeg ligt een schip, waarop matrozen bezig zijn. Ze gooien afval overboord, zodat ze omringd worden door veel krijsende meeuwen. Als een van de matrozen wordt getroffen door uitwerpselen van een van de vogels, wordt hun gelach gedeeld door mijnheer Brikke, zodat het wel zeker is dat hij ze observeert en plezier beleeft aan het kijkspel. Hij ziet mij. Even wendt hij het hoofd af van de matrozen, als schaamde hij zich, maar hun geroep trekt opnieuw zijn aandacht. Ik open de deur van het huis met een loper die Brikke mij heeft gegeven. Ik wandel door de gang en betreed de kamer. Hij roept: 'Kom hier zitten, Ammer.'

Ik ga tegenover hem zitten en kijk naar de strakke uniformen van de matrozen. Het zijn leerling-matrozen die met het schip morgenmiddag zullen uitvaren, vertelt Brikke me.

'U weet wel iets van ze,' zeg ik.

'Ja, Ammer, ze komen altijd bij me theedrinken voordat ze uitvaren. Het gebeurt niet zo vaak, ze varen maar éénmaal in het half jaar, het is een soort feest en het is traditie dat ze bij mij theedrinken. De schipper is een oud-leerling van me, zie je. Eigenlijk zou het beter zijn dat ze niet kwamen. Het is nogal opwindend, vermoeiend, maar ik kan het niet missen en als... als... dan heb ik dat toch nog meegemaakt.'

Hij zwijgt. Hij kijkt zorgeloos naar de matrozen die met opzettelijk zware gang over het dek lopen.

'Zo heb ik ook eens een verzetje,' zegt hij, 'dat is leuk zo na de kerstdagen. Weet je, Ammer, die kerstdagen en oud en nieuw, dan voel je je... dan ben je zo eenzaam. Ik weet niet of jij dat ook hebt, maar ik...'

'Niet meer dan anders,' zeg ik.

'Ik wel, ja, ik wel. Vroeger was het gezellig bij ons thuis op die dagen. We zongen bij het harmonium kerstliederen en ik speelde. Op nieuwjaarsdag gingen we op bezoek bij mijn grootvader en grootmoeder en de andere broers en zusters van mijn vader waren ook aanwezig en er werd chocolademelk rondgedeeld en koeken en iedereen was vrolijk. Zie je, ik heb dat later toch erg gemist. Als je getrouwd bent, ach, het huwelijk is ook beroerd, ik weet het, ben je toch niet eenzaam en je hebt kinderen en die dagen zijn heel feestelijk. Maar voor mij zijn het sombere, eenzame dagen. Ik zie alleen jou maar, Ammer, en vorig jaar zat ik hier alleen, helemaal alleen. Zelfs geen bezoek van een dominee, waar je ook naar uitkijkt, al praat hij over Sodom en Gomorrha. Maar morgen komen ze theedrinken, dat zal leuk zijn.'

'Hebt u geen familie?' vraag ik. 'Bezoeken ze u niet?'

'Sinds... sinds dat proces ben ik zo'n beetje doodverklaard, willen ze me niet meer. Maar als er iets gebeurt, Ammer, zou jij... wil jij ze dan waarschuwen?'

'Onzin,' zeg ik, 'er gebeurt niets.'

'Ik zal je de adressen geven, dat is beter. Dan voel ik me rustiger. We zullen vandaag maar hier blijven, nietwaar, dat lijkt me beter, niet naar muziek luisteren, maar naar matrozen kijken. Zou dat zondig zijn, Ammer? Als ik maar zeker wist dat het niet bestond, de hemel niet en de hel niet, als iemand mij kon zeggen: Willem, de hel en de hemel bestaan niet, honderd procent zekerheid dat ze niet bestaan, dan zou ik me veel rustiger voelen, veel beter. Al was ik er nog zo zeker van dat ik naar de hemel zou gaan: als ik moest kiezen tussen geloven in de hemel en zeker weten dat de hemel niet bestond, dan liever het laatste. Beter het niets... het niets dan die onzekerheid, Ammer.'

Ik voel me niet behaaglijk. Ik heb deze verzuchtingen eerder gehoord en ik begrijp dat het hem kwelt, maar om het telkens weer te moeten horen is ook een kwelling. Voor hemzelf is het echter goed dat hij erover kan praten. Een antwoord geven is moeilijk. Ik kan niet opnieuw gaan praten over het begrip hel in de bijbel. Zijn eigen voorstelling van de hel is te sterk, heeft hij te lang gekoesterd dan dat de verschrikking verzwakt zou kunnen worden. Hij houdt een lange, lange monoloog over godsdienst. We kijken naar de matrozen tot de lichten branden op de kade. Hij zegt bij het afscheid: 'Ammer, je moet me beloven dat je beter zult leven dan ik, dat je er geen geheim van zult maken. Je moet iedereen recht in het gezicht zien en er eerlijk voor uitkomen dat je jongens aardiger vindt dan meisjes. Dat zul je doen, nietwaar? En maak iets van je leven, componeer iets of als je dat niet kunt, maar je kunt het, want je bent zeer muzikaal, doe dan wat anders, schrijven, schilderen.'

'Schilderen nooit,' zeg ik, 'ik heb geen aanleg.'

'Goed, niet schilderen, maar iets anders, schrijven of componeren. Zie je, als je zo oud bent als ik moet je iets hebben waarvan je kunt zeggen: dat heb ik gemaakt. Ik heb een paar koraalvoorspelen gemaakt, wat orgelstukken, niet veel, niet genoeg om... om...'

'...om trots op te zijn,' zeg ik.

'Nee, nee, dat niet, dat niet alleen. Niet voldoende om voor geleefd te mogen hebben. Maar goed, wanneer zie ik je weer? Niets voor jou om bij het theedrinken te zijn morgen. Maar op nieuwjaarsdag? Je komt me nieuwjaar wensen?'

'In elk geval,' zeg ik.

I

Het besef: ik had hem eerder kunnen zien. Mogelijk heb ik hem gezien, wandelend over het plein in de pauze tussen de lessen, het hoofd schuin naar voren gebogen, de pijp in de linkerhand, de andere hand heftig bewegend, omdat hij gesticuleerde als hij praatte. En hij praatte altijd, voortdurend praatte hij, terwijl hij liep, de anderen altijd een pas voor, soms twee passen voor en dan wachtte hij even tot ze weer naast hem liepen. Wie wandelden met hem? Ik weet het niet. Het leek of ze allemaal in zijn kielzog voeren, de jongens uit zijn klas, of ze door hem werden voortgetrokken, zoals ik mij later voortgetrokken voelde als ik een pas achter hem liep. We waren op weg naar een onbekend doel. Alleen hij wist het. Ik trachtte niet op gelijke hoogte met hem te komen. Deden de anderen dat ook niet? Ik weet het niet. Ik keek niet naar de anderen omdat ik achter hem liep. Als hij iets vooruit liep was ik meer bij hem betrokken, meer van hem afhankelijk dan als ik naast hem liep. En hij droeg altijd dezelfde van ruwe wol gebreide trui. Zo herinner ik hem mij: in een trui, een zwarte trui. Droeg hij ook andere kleding? Ik kan het mij niet meer herinneren.

Hij zat in de parallelklas, G5a, maar bij de overgang naar G6 sneuvelden veel van zijn en mijn klasgenoten. De beide klassen werden samengevoegd tot één G6-klas. Voordat het zover was kende ik hem. De natuurkundeleraar had ons ingelicht over de mogelijkheid van samenvoeging van beide klassen.

'Het zal voor jou een leuke wedstrijd worden, Ammer,' zei hij.

'Wat bedoelt u, mijnheer?' vroeg ik.

'Hugo Wildervanck uit G5a is een bijzonder heldere kop. Dat zal een mooie concurrentie tussen jullie geven.'

In G5b was ik de beste van de klas, een twijfelachtig voorrecht, terwijl het bovendien betekende dat ik tegen niemand kon opzien. Ik kende Hugo Wildervanck niet, maar ik voelde na de opmerking van de natuurkundeleraar respect voor hem. Een bijzonder heldere kop! Later bleek dat Hugo een neefje was van de natuurkundeleraar, wat zijn opmerking relativeerde.

'Hij is hier op school omdat zijn oom hier lesgeeft,' zeiden ze mij. 'Hij is onkerkelijk en zou nooit naar een christelijk lyceum zijn gegaan als zijn oom hier niet was geweest.'

Ze wezen Hugo aan in de pauze van de lessen. Hij wandelde. Hij wandelde snel, alsof hij een bepaald doel voor ogen had. Achter hem renden twee andere jongens. Ze renden! Hij liep. Ik keek naar het matbruine gezicht. De ogen waren niet te zien, ze waren verborgen achter een bril. Wat me opviel was de soepele gang, de moeiteloze wijze van verplaatsen en het schrille contrast met de vrienden die zoveel moeite deden om hem bij te houden. Op de dagen daarna zag ik hem telkens opnieuw, steeds wandelend, steeds gebarend met zijn armen, altijd soepel lopend, rustig en zelfverzekerd.

II

Hoe vaak heb ik hem heimelijk gevolgd in de pauze? Ik behoorde ook bij zijn kielzog. Soms liep ik vooruit. Ik probeerde niet op te vallen. Tussen de eerste keer dat ze Hugo voor mij aanwezen, en de eerste keer dat ik hem aansprak moeten maanden verlopen zijn. Of geen maanden maar weken? Ik weet het niet. Lijkt het geduldig observeren van zijn wandelingen over het plein, waardoor een soort weemoedige, gelukkige stemming ontstond, zich uit te strekken over maanden, terwijl het in werkelijkheid weken zijn? Moet ik dat wijten aan de intensiteit van de gevoelens? Waren die gevoelens wel zo intens? Waren er gevoelens? Achteraf lijkt het alsof er niet over gedacht kan worden, alsof de herinnering faalt ten opzichte van de onwezenlijke werkelijkheid van het aangapen. Er was één duidelijk gevoel: hier was iemand knapper, beter dan ik. Geen ander besef kon mij een veiliger gevoel geven, zelfs niet terwijl hij volgens de anderen ongelovig was, want dat verhief hem alleen maar boven de anderen, maakte hem meer bijzonder.

Toen ik hem aansprak in de pauze over een repetitie die zij al gemaakt hadden maar wij nog niet, verstarde even zijn moeiteloze gang.

'Ben jij Ammer Stol?' vroeg hij.

Hij had het altijd al geweten. Hij kende mij. Vanzelfsprekend kende hij mij, niet omdat iedereen mij kende, maar omdat hij iedereen kende. Ik zag dat hij mij kende, over mij gehoord had, aan de wat ironische, toch niet onvriendelijke blik. Hij was ook nieuwsgierig.

'Ja,' zei ik, 'ik wilde je iets vragen over die scheikunderepetitie.'

Hij hervatte zijn wandeling. Ik haastte mij achter hem aan. Hij gesticuleerde heftig met zijn pijp. Rookte hij een pijp om te kunnen gesticuleren? Discussie was niet mogelijk. Hij praatte, ik volgde.

III

De overgang was een slachting. De beide vijfde klassen versmolten. Er werd veel over gesproken. Niet zonder reden. Het waren twee zeer verschillende klassen. Hoe zou het experiment aflopen? Zou er een goede sfeer ontstaan in de nieuwe klas? Het interesseerde mij niet. Van belang was slechts, dat ik bij Hugo in de klas zou komen.

Op de eerste dag van de nieuwe cursus nam ik mijn plaats in op de eerste bank, vooraan. Ik zou naast Hugo hebben willen zitten, maar ik durfde niet. Naast hem zat een jongen: zwart, krullend haar, donkerbruine ogen. Wat deed het ertoe? Hugo zat op de achterste bank. De afstand was groot. Hoe veelbetekenend was die afstand! Achteraan zitten was een uitdaging evenals vooraan zitten, maar heel verschillend. Achteraan zitten was een uitdaging aan de leraar, vooraan zitten was een uitdaging aan de klas. Ik stond ver van hem af, ik was heel anders. Zou het mogelijk zijn de afstand te overbruggen?

Als hij een beurt kreeg werd de afstand kleiner. Hij kwam naar voren gewandeld achter uit de klas, met een boek of een schrift of zonder iets en stond voor mijn bank en ik hoorde zijn hoge, nooit zenuwachtig klinkende stem; een stem die helder was en duidelijk verstaanbaar.

Kort na de overgang kreeg Felix Moet een beurt tijdens de Engelse les. Toen hij met zijn boek voor de klas stond, rook ik een duidelijke niet te miskennen geur. Ik kende de geur goed. Zou hij het met zichzelf gedaan hebben? Het kon bijna niet anders, tenzij hij zo nerveus was geweest vanwege de komende beurt, dat hij een zaaduitstorting had gehad. Zouden de anderen het ruiken? Waarom zouden ze het ruiken? Ze zaten verder bij Felix weg. De geur was een teken van iets zondigs, iets dat zich zo maar in de klas had afgespeeld zonder dat iemand het had opgemerkt, en toen daarna Hugo een beurt kreeg werd ook hij bij de geur betrokken, die nog altijd aanwezig was lang nadat Felix was gaan zitten. Ik had last van plaatsvervangende schaamte. Wat Felix gedaan had, zou ik ook hebben kunnen doen. Misschien rook Hugo de geur en dacht hij dat ik het gedaan had. Steeds sterker werd het schuldgevoel en terwijl ik naar Hugo keek zoals hij daar stond, iets voorovergebogen, het middagzonlicht op zijn gezicht, was het bijna zeker dat ik het had gedaan, niet Felix. Het was alsof er niets gebeurde, of de wereld statisch was, onbeweeglijk, maar geurend, diep geurend naar mannelijk zaad, wat evengoed van mijzelf afkomstig kon zijn als van Felix.

IV

Natuuurlijk konden moeilijkheden niet uitblijven. Sombere gedachten, later gesprekken over de uitverkiezing.

'Geloof je niet in God?' vroeg ik hem.

We liepen buiten het hek rondom het schoolplein (wat verboden was in de pauze, maar zou Hugo zich ooit aan een verbod storen?) onder de grijze novemberlucht. Ik wandelde bijna elke pauze met Hugo, evenals Huib Stoop, de jongen met het zwarte, krullende haar.

'Ach, God,' zei Hugo, 'wat doet het er eigenlijk toe? Je moet je gewoon niet de vraag stellen of God bestaat, gewoon zonder dat probleem leven, zoals een boeddhist. Voor mij betekent God niets, een leeg woord is het voor me.'

'Maar dat is, dat wordt...'

Ik kon het woord lauwheid niet over mijn lippen krijgen. Ik durfde het niet tegen Hugo uit te spreken. Wat was lauwheid? Wie niet voor mij is, is tegen mij. Of ge koud of heet zijt, maar als ge lauw zijt zal ik u uit mijn mond spuwen. Het leek wel of de teksten klaarstonden om mijn denkvermogen te ontwrichten, alsof ze om mijn oren vlogen om mijn hersens te vullen met hun starre, maar betekenisvolle geladenheid, die mij plotseling van Hugo vervreemdde (omdat hij lauw was), maar waardoor tevens andere gevoelens ontstonden die een ondergrondse verbinding zouden leggen tussen hem en mij, zoals die ook had bestaan tussen Lena Stigter en mij en alle anderen die niet in God geloofden die ik kende. Door zijn lauwheid hoorde ik bij hem, meer bij hem dan als hij niet lauw zou zijn geweest, omdat Christus hem uit zijn mond zou spuwen en mij niet, wat ik zou moeten voorkomen door hem over Christus te spreken.

Hij praatte met Huib al over iets anders. Ik luisterde niet. We liepen over het gras van de speelweide. Het leer van onze schoenen was nat. Ik huiverde. Ik droeg een jas, Huib eveneens. Hugo liep in zijn trui, niet gehinderd leek het door de koude en de vochtigheid.

V

Leven was beperkt tot de pauzes en de gymnastieklessen. In de pauzes wandelden wij met Hugo naar een winkel met rookartikelen. In de winkel hielp een blond meisje. Maar Hugo had niet elke dag tabak nodig. Als er geen klanten in de winkel aanwezig waren, gingen we naar binnen zonder iets te kopen en Hugo en Huib lachten en praatten met het meisje en ik keek naar de reclame van Van Rossum's troost, een plaat waarop een man afgebeeld staat die in een schandbord is vastgeklonken en een pijp rookt. De man kijkt vrolijk rond. Ik herinnerde mij hoe ik als kind gefascineerd was door de plaat en bang was om ook zo te worden opgesloten en toch hoopte om

zo opgesloten te worden. De man op de plaat is een uit-
gestotene, die het leuk vindt om uitgeworpen te zijn.
Nog altijd boeide de plaat me. Alleen vanwege de herinnering?

Toen we de winkel verlieten, waren Hugo en Huib
vrolijk en goedlachs. Ze praatten over het meisje. Nadat
we een paar maal in de winkel geweest waren, werden
de bezoeken ook voor haar belangrijker. Ze glimlachte
als wij de winkel betraden en ze gebaarde zenuwachtig,
kijkend naar Hugo, die zijn stralendste glimlach produ-
ceerde, wat niet moeilijk was voor iemand met een matbruin gezicht en witte tanden.

'Tussen de middag heb ik vrij,' zei ze. 'Jullie zeker
ook?'

'Ja,' zei Hugo. 'Zullen we in het park wandelen tussen
de middag? Maar dan moet je ook voor een paar vriendinnen zorgen, kan dat?'

'Ja,' zei ze.

Nog dezelfde middag gingen we naar het park. Of
park: twee lanen met bomen en een voetbalveld met een
clubhuis. We liepen onder de ontbladerde bomen. Het
was kil in het park. Op het water van een grote vijver
troepten eenden en meerkoeten samen.

Damp steeg op van het water.

Hoe waren de vriendinnen? Ze waren blond, ze waren goedlachs, ze waren vervelend. Hugo ontfermde
zich over het winkelmeisje. Huib over een ander blond-
je, zodat voor mij een klein meisje overbleef, dat al dadelijk uitdagend naar me gekeken had en vervolgens de-
monstratief, de handen in de zakken, naast mij was gaan
lopen, soms naar me opkijkend. Ik voelde mij even kil
als de atmosfeer. De rode lippen van het meisje erger-
den mij, evenals de geverfde nagels, al kon ik die niet
zien nu ze de handen in de zakken had. Verbood God

niet het gebruik van schoonheidsmiddelen in Jesaja? Mijn vader had onlangs over Jesaja 3 gepreekt. De Here zal de schedel der dochters van Sion schurftig maken en de Here zal haar schaamte ontbloten. Te dien dage zal de Here wegnemen den pronk...

Ik herinnerde mij de tekst en de vurige preek van mijn vader.

Wij liepen langs het clubhuis van de voetbalvereniging. Aan de achterkant van het clubhuis waren houtstapels. We gingen op de stapels zitten. We waren niet te zien vanaf de laan. Hugo legde zijn arm om de rug van het winkelmeisje. Huib volgde zijn voorbeeld met het andere meisje. Ik bleef doodstil zitten, de vuisten gebald in mijn zakken. Ik kon niet doen wat van mij verwacht werd. Ik had het gevoel of ik verstard was tot een ijsklomp. De Here zal haar hoofd schurftig maken, dacht ik. Het meisje keek nieuwsgierig naar me op, daarna keek ze stuurs voor zich uit. Ik zag de woede in haar blik.

'Dooie diender,' zei ze.

Ze haalde haar handen uit de zakken van haar mantel. Ze spreidde haar vingers. Ik zag de nagels. Een brandmerk in plaats van schoonheid, dacht ik. Ze sloeg haar armen om mijn middel en nog voordat de anderen hun handtastelijkheden zelfs maar in die richting konden uitstrekken, zoende ze me op mijn mond. Ik sloot de ogen. Ik klemde mijn lippen stijf op elkaar. Ik voelde een diepe afschuw van de rouge op de wangen. Ik rook de geur van lippenstift. Dan zal er in plaats van balsemgeur vunsheid zijn. Ik voelde haar tong, die hard en fel tegen mijn lippen drukte. Ik liet het over mij komen. Ik protesteerde niet. Ik voelde dezelfde beklemming als eens achter het orgel bij mijnheer Brikke. Het meisje stond op. Ze sloeg me een paar maal in het gezicht.

'Ellendige dooie kerel,' schreeuwde ze.

Ze holde weg. Ze liep dwars over het voetbalveld naar de uitgang van het park. Hugo en Huib keken op. De beide andere meisjes maakten zich zwijgend los en wandelden weg. We zaten op de houten planken. Ik wachtte op de verwijten van Hugo en Huib, die niet geuit werden. Ze stonden op, ze liepen achter het clubhuis om door de laan zonder iets te zeggen, zonder naar mij om te zien. Ik liep achter hen over het sintelpad. Het was koud. Ik voelde mij ellendig. Dicht bij de school wachtte Hugo op me terwijl Huib verder liep. Ik keek naar zijn verwijtende, woedende ogen.

'Lul,' zei hij. Hij liep weg.

VI

Hugo was niet haatdragend. In de volgende weken trachtte hij mij aan te praten dat ik een ongezonde instelling had tegenover meisjes. Die woorden gebruikte hij: een ongezonde instelling.

'Ze zijn er om gebruikt te worden en ze willen gebruikt worden, Ammer. En jij wilt ze gebruiken, dat is alles. Jij ook. Je moet die calvinistische schuldgevoelens laten varen. Je moet niet zo lullig doen. Leer dansen! Ga naar de bioscoop met zo'n kind. Doe wat.'

Maar ze namen mij niet meer mee naar het park. Voor het derde meisje, de hete trut volgens mijn klasgenoten, waren liefhebbers genoeg. Hij wilde mij wel opvoeden, maar heel terecht niet zijn plezier aan die opvoeding opofferen. Als hij mij bepraatte, deed hij dat handig en met overtuiging en ik verbaasde mij over mijn onwilligheid, die ik vooral toeschreef aan zijn pogingen om mij te veranderen. Niemand wil veranderd worden. Zelfs als je niet tevreden bent over jezelf, wil je niet dat een

147

ander invloed heeft op noodzakelijke veranderingen, zo is het tenminste bij mij. Achteraf lijkt het mij vreemd dat ik niet toen aan de andere mogelijkheid gedacht heb, de mogelijkheid die verandering op dit punt uitsloot, maar die gedachte liet zich niet denken, zeker niet na mijn afwijzende houding tegenover de handtastelijkheden van mijnheer Brikke. Eerst later ontdekte ik dat je alleen met hevige afkeer kan reageren op iets wat jezelf hebt of bent. Het is overigens ook mogelijk dat de make-up van de meisjes mijn afschuw veroorzaakte. Ik was bigot in die tijd, zeer bigot. Maar het is goed dat ik voor de mogelijkheid homoseksualiteit geen oog heb gehad, hoewel het beter geweest zou zijn als ik het mij zeer geleidelijk had kunnen realiseren. Maar de bewustwording was zeer plotseling: een van de meest pijnlijke dingen die ik ooit heb ervaren. Een christelijke opvoeding maakt je geheel ongeschikt om te ervaren dat je niet bent zoals de anderen. Je bent opgevoed binnen het schema troost-geen troost en er is niets troostelozers dan het besef: ik ben homoseksueel, temeer daar het een aangeboren zonde is, iets waar je verder niets aan doen kunt, maar waar je je voortdurend schuldig onder voelt. Er zijn in dat geval twee mogelijkheden: of de zonde moet weg, of de schuld moet weg. Ik heb voor de laatste mogelijkheid gekozen.

Hoe heb ik mij gerealiseerd verliefd op Hugo te zijn? Tijdens de gymnastieklessen, denk ik. Omdat hij zo goed was, zo lenig, mocht hij de groepen samenstellen bij basketbal, volleybal en andere spelen. Men veronderstelde, neem ik aan, dat een lenig iemand ook wel oog zou hebben voor de capaciteiten van anderen en groepen zou samenstellen die niet al te verschillend zouden zijn.

Wij stonden te wachten op de houten bankjes als Hugo de namen afriep, altijd iets gebogen, het zwart van zijn gymbroekje afstekend tegen zijn matbruine huid. Dan pas zag ik goed hoe prachtig gebouwd zijn lichaam was en ook al bekeek ik het niet zo bewust, toch moet ik het opgemerkt hebben vanaf de eerste dag dat we gymnastiek hadden, omdat ik zelfs van de eerste lessen in G6 nog houdingen, standen en sprongen van hem herinner. Ik zie ook de verschillende broeken voor me die hij droeg, meestal kleine, te kleine broeken waarin de vorm van zijn geslacht duidelijk te zien was.

VII

'Vandaag gaan we touwtrekken,' zei de gymnastiekleraar.

We stonden op de bankjes in het gymnastieklokaal.

'Hugo, wijs je de groepen aan,' zei de leraar.

Hugo ging midden in de zaal voor ons staan.

'Huib Stoop, Hans Kazemaat...'

Ik luisterde niet naar de namen. Ik zou als een van de laatsten aangewezen worden, daar ik volgens de andere jongens een 'kneusje' was (waar het gymnastiek betrof). Maar ik verwachtte ditmaal een onjuiste verdeling van de groepen, daar voor touwtrekken geen lenigheid maar kracht vereist is. De zwaargebouwde figuur van Huib Stoop liet geen twijfel toe over de vraag welke van de groepen zou winnen bij het touwtrekken. Het zou zijn groep zijn.

Het touw werd uitgerold. Eerst zouden de groepen drie en vier tegen elkaar uitkomen. Groep een en groep twee moesten gaan zitten op de bankjes.

'Trekken,' beval de leraar.

Hugo stond met een pijnlijke trek op zijn gezicht in

achterovergestrekte houding. Zijn broek spande om zijn lichaam, zijn geslacht was nog nooit zo duidelijk zichtbaar geweest. Aan de andere helft van het touw trok de groep van Huib Stoop. Huib trok nog niet. Eerst na een ogenblik zette hij zich schrap. Zijn gezicht werd rood. Hij trok. Groep drie wankelde. Sommige jongens verloren het evenwicht, ook jongens van groep vier, de groep van Huib. De aderen in de hals van Huib zwollen. De jongens van groep drie vielen over elkaar heen, Huib liet het touw los en stond daar, transpirerend, glimlachend, het hoofd nog altijd rood, de brede handen onbeholpen langs de heupen.

'Opnieuw die twee groepen indelen. Dit is waardeloos,' zei de leraar.

Maar hoe de groepen ook werden ingedeeld: de groep van Huib Stoop won altijd. Hij glimlachte niet meer, maar grijnsde en met haast duivelse toeleg begon hij niet dadelijk te trekken, maar wachtte hij even tot de anderen zich schrap gezet hadden. Dan trok hij en liet het touw weer los, zodat de anderen hun evenwicht verloren en over elkaar heen buitelden.

'Groep een en twee en groep drie en vier bij elkaar,' zei de leraar.

Het touw was te kort. Ik stond achter Hugo. Achter mij stond Huib Stoop.

'Wie geen touw kan vastpakken, trekt aan zijn voorbuurman. Denk eraan: niet te hard aan de ledematen trekken en de weke delen ontzien.' (Er werd gelachen.) 'Neem de rug van de voorbuurman.'

Ik voelde de sterke handen van Huib Stoop om mijn ledematen.

'Ta, ta, ta,' zong hij.

Ik aarzelde. Zou ik mijn handen om de rug van Hugo leggen?

Maar Hugo riep al: 'Toe dan,' en ik stond tegen hem aangedrukt, de handen losjes nu om zijn heupen, niet stijf, en enigszins verontrust door deze handeling.

'Ja, trekken,' beval de leraar.

Ik sloot mijn handen steviger om de rug en buik van Hugo. Ik voelde het begin van opwinding. Ik trok. Toen klonken achter mij de woorden van Huib Stoop: 'Zet je schrap, Ammer,' en de geweldige handen sloten om mijn buik en ze trokken en ondanks de haast scheurende pijn in mijn onderbuik voelde ik mij opeens zo gelukkig, zo onbezorgd, zo volkomen geborgen tussen Hugo en Huib, dat ik daar wel had kunnen lachen of zingen of huilen of helemaal niets doen, alleen maar nadenken over dat plotselinge geluksgevoel dat zelfs voortduurde nadat we allemaal over elkaar heen gevallen waren en ik een stekende pijn voelde, een betaling voor dat ongekend heerlijke geluksgevoel. Van ver kwam de stem van Hugo: 'Laat me eens los, Ammer.'

Ik lag daar op de stoffige, groengeverfde grond. Naast mij trachtte Hugo op te staan. Ik hoorde de stem van Huib Stoop: 'Kom overeind, kerel,' en voelde de krachtige hand, die me omhoogtrok en nu stond ik naast Hugo en Huib en klopte, evenals zij, het stof van mijn broekje en mijn lichaam, nog altijd in het bezit van het geluksgevoel, al dreigde het te verzinken, te vervloeien, te verdwijnen.

VIII

We hadden Nederlands van Tipsel. Het was het eerste uur na de middagpauze. Een literatuurles. Er heerste betrekkelijke rust in het lokaal. Tipsel schreef op het bord, zijn rug naar de klas toegekeerd. Hij wendde zich om, stond een ogenblik kaarsrecht voor mijn bank, beende met grote stappen door het lokaal en brulde: 'Huib Stoop, kom hier!'

Ik hoorde het klokken van het vocht in iemands keel en wendde mij om.

'Kijk voor je,' beet Tipsel mij toe.

Toch had ik het gezien. Huib Stoop had een fles bier voor zich staan op de bank. Hij dronk uit de fles. Ik hoorde het onderdrukte gelach van de anderen. Nogmaals klonk de stem van de leraar: 'Huib Stoop, kom hier.'

'Wilt u ook een slokje, mijnheer,' zei Huib.

Er gebeurde niets. Dreiging. Ik was bang. Ik had medelijden met de toch al zo geplaagde leraar, maar ik voelde ook leedvermaak. Zo dadelijk zou Tipsel in verschrikkelijke woede uitbarsten. Onmacht tegenover de klas, tegenover Huib Stoop. Opnieuw het geluid van iemand die drinkt. Mijnheer Tipsel stond naast de bank van Huib. Hij pakte de fles. Ik keek toe. Tipsel kon mij niet zien. Ook de anderen keken naar Huib.

'Geef hier die fles,' zei Tipsel.

'Blijf van mijn biertje af,' zei Huib. 'U kunt een slok krijgen, maar eerst een glas.'

'Geef hier, verdomme.'

Zachte geluiden in de klas. De leraar had gevloekt. Op een christelijke school had de leraar gevloekt. Zowel Huib als Tipsel had de fles nu in de hand. Ze trokken. Het schuimende bier vloeide over de bank van Huib en drupte op de vloer.

'Ellendeling, rotkerel,' schold Tipsel. 'Mij het leven onmogelijk maken. Bier drinken onder de les, dat zal je opbreken, jongetje. Ik zal zorgen dat je van school gestuurd wordt. Uitvaagsel, voddebaal, zak tabak, mesthoop. Geef hier!'

Opeens liet Huib de fles los. De leraar viel achterover. Een schreeuw van pijn. Nogmaals de woedende nu overslaande stem: 'Donder op, kerel.'

Opnieuw de zachte geluiden in de klas. Nog een vloek!

Huib stond op, legde zijn tas op de bank en pakte het flesje, dat op de vloer was leeggelopen.

'Zonde van mijn pilsje,' zei hij.

Nadien zonderlinge rust in het lokaal. Een beklemmende sfeer. Het witte gezicht van mijnheer Tipsel. De les over Willem de Mérode.

'Hugo Wildervanck, lees jij het volgende gedicht voor.'

De stem van Hugo klonk door het lokaal, de hoge stem. Hugo was ongelovig en hij moest een gedicht voorlezen van De Mérode over het geloof. Na de scène met Huib Stoop was dit gedicht blasfemie. Toch las Hugo goed. Zou hij naar de hel gaan? Maar dat kon niet, mocht niet. Hugo is een heel aardige jongen. Hugo gaat niet naar de hel. God, laat Hugo niet naar de hel gaan. Het zou niet gebeuren. Hij las nu immers een gedicht voor van een christen. Hij zou nu begrijpen wat het betekende om een christen te zijn. Hij moest het begrijpen. De uitverkiezing. Hoe kon God zo met de mensen omspringen? Was het soms de schuld van Hugo dat hij niet in een christelijk gezin geboren was? Nee, het was niet zijn schuld. Nu dan! Als ik niet in een christelijk gezin geboren was, zou ik ook geen christen geworden zijn. Ik werd ook geen mohammedaan. Maar nu hij dit gedicht las, zou hij het misschien begrijpen, zou hij zich bekeren. Ik hoorde de stem van mijnheer Tipsel: 'Goed zo, Hugo. Uitstekend voorgelezen. Zou je de inhoud van het gedicht in je eigen woorden willen navertellen?'

Dat was een valstrik! Omdat Hugo niet christelijk was

kreeg hij deze opdracht. Dat was niet passend, zeker niet na het incident van zoëven. Dit was de eerste keer dat Tipsel de inhoud van een gedicht liet navertellen.

'De dichter zegt iets over de relatie met God. Het lijkt of hij van God verlaten is, maar hij bemerkt dat hij, ondanks zichzelf, een kind van God is.'

'Dat is goed, Hugo. Denk jij ook zo over God?'

'Ik denk helemaal niet over God, mijnheer.'

'Ik moet je waarschuwen, Hugo. Ook jij weet de weg naar het heil. Jij hebt over die weg gehoord hier op school. Over hen, Hugo, die de weg geweten hebben en hem niet gegaan zijn zal de Here een verschrikkelijk gericht oefenen.'

'Dat geloof ik niet, mijnheer.' De stem van Hugo klonk glashelder in het lokaal, waar iedereen nog dacht over de door de leraar geuite vloeken.

'Zo, geloof jij dat niet. En waarom geloof je dat niet? Omdat je het niet wilt geloven! God zegt in zijn woord dat wie niet gelooft niet wil geloven. Ze verharden hun hart, de verstokten.'

'Ik kan het niet geloven, mijnheer,' zei Hugo.

'God moet Hugo het geloof geven,' zei ik zacht.

De leraar verstond mijn opmerking, hij zei: 'Inderdaad. God geeft geloof aan hen die hem er nederig en ootmoedig om vragen en...'

Ik luisterde niet. Waarom gaf God Hugo het geloof niet? Hij kon het geven. Voor hem zou het niet moeilijk zijn om Hugo het geloof te geven. Maar hij deed het niet. Nog niet? Waarom niet? God, geef Hugo het geloof. De eeuwige veroordeling, de hel, geween en knersing der tanden.

Als God Hugo het geloof niet gaf, was het zijn schuld als Hugo in de hel zou komen. Maar zo mocht ik niet denken. God zou ook graag willen dat Hugo geloofde.

'Het zijn verzinsels, mijnheer,' zei Hugo.

'Ga jij er maar uit, Wildervanck. Ga maar dezelfde weg als je vriend Stoop. Durf jij tijdens een les over de dichter De Mérode te zeggen dat het evangelie van onze Heiland een verzinsel is? Durf jij dat? Miljoenen mensen ontlenen aan dat evangelie al hun hoop, hun geluk.'

'Dat is geen argument voor de waarheid van het evangelie, mijnheer. Ik ontleen mijn hoop niet aan de bijbel en miljoenen mensen zoals ik net zo min. En u mag mij er niet uitsturen omdat ik met u van mening verschil.'

'Ga eruit. Lazer op. Ik wil je niet meer zien. Hoe kan ik gedichten van De Mérode behandelen als een bok in ons midden is. Bij de grote scheiding van de schapen en de bokken zul jij bij de bokken staan, Wildervanck. Je bent gewaarschuwd! Je hebt de weg geweten, ik heb je de weg gewezen. Maar bewandel jij de brede weg maar. Die weg zal zekerlijk leiden tot het verderf! En jullie' (hij wendde zich tot de klas) 'jullie moeten niet denken, dat het beter met jullie zal aflopen. Jullie kunt ook allemaal ongelovig worden, net zoals deze verstokte heiden. Ga eruit, zeg ik.'

'U mag hem niet wegsturen,' zei ik, 'dat is niet rechtvaardig.'

'Zo Stol, wou jij me vertellen wat rechtvaardig is? Je kunt ook vertrekken als je wilt,' zei de leraar.

Hugo stond op. Hij deed de boeken in zijn tas. Hij wandelde door het lokaal. Ik stond ook op.

'Wat ga jij doen, Stol?' vroeg de leraar.

'Ik ga eruit mijnheer. U zei dat ik ook vertrekken kon.'

'Dat was maar bij wijze van spreken. Blijf hier.'

Ik antwoordde niet. Ik liep door de deur naar buiten, naar de gang. Voor mij uit liep Hugo. Hij keek om, hij wachtte.

'Stol, kom terug,' riep de leraar.

Ik wist niet waarom ik het deed. Ik liep naast Hugo door de gang, op weg naar de kamer van de rector.

'Hoe lang zou ik van school gestuurd worden?' vroeg Hugo.

Ik antwoordde niet. Ik voelde een vreemde spanning in mijn lichaam. Ik behoorde nu bij Hugo. God zou mij ook haten, evenals hij Hugo haatte. Maar God kon je niet eerst liefhebben en daarna haten. Dus God had mij altijd al gehaat.

'Waarom ben jij eruit gestuurd?' vroeg de rector.

'Ik kon ook vertrekken, zei de leraar. En ik ben met Hugo weggegaan, omdat ik het onrechtvaardig vond dat hij eruit gestuurd werd.'

'Is dat aan jou om te beoordelen, Stol?'

Ik haalde mijn schouders op. Tipsel verscheen in de kamer van de rector. Hij vertelde over mijn onwil om terug te keren.

'Je bent met Wildervanck meegegaan,' zei de rector, 'je kunt ook met hem meegaan naar huis. Voor drie dagen van school gestuurd, allebei.'

In de klas begrepen ze mijn houding niet. Zo was het ook beter. Ik was drie dagen thuis. Ik wandelde langs de Maaskant tijdens de uren die ik gewoonlijk op school doorbracht zodat mijn moeder niets wist van mijn straf. Ik dacht na over Hugo, over het geloof. Maar ik was niet in staat om te blijven denken, zoals ik dacht na de les van Tipsel. God haatte mij niet, ik was gedoopt, ik bad, ik ging naar de kerk, God haatte mij niet. Elke dag de kwelling van het onoplosbare raadsel. Het eeuwige vuur, de eeuwige dood. Hugo zou verloren gaan. Hugo zou verworpen worden, tenzij hij gelovig werd. De buitenste duisternis, waar de worm niet sterft en het vuur niet wordt uitgedoofd. Zou hij ooit gelovig worden? Ik betwijfelde het. Maar God kon hem het geloof geven, wilde dat hij zou geloven, maar deed het niet. De mens was vrij om te kiezen, voor of tegen God, maar zou het niet oneindig beter geweest zijn als de mens niet vrij geweest was. Wat had je aan vrijheid als je daardoor voor eeuwig, voor eeuwig, voor eeuwig gestraft zou worden.

Gedurende de drie dagen werd iets heel duidelijk voor me. Ik had het al gedacht tijdens de les van Tipsel en ik dacht het opnieuw tijdens mijn eenzame wandelingen langs het water. Je bent niet vrij om te kiezen: voor of tegen geloof. Als je geboren was als christen bleef je bijna altijd christen, omdat je als kind al over God gehoord had, maar werd je geboren in een niet christelijk gezin dan werd je geen christen.

'Hoe vaak worden ongelovigen gelovig?' vroeg ik mijn vader.

'Bedoel je,' zei hij verbaasd, 'bedoel je hoeveel ongelovigen zich bekeren?'

'Ja,' zei ik.

'Bitter weinig, jongen, bitter weinig. Sinds ik hier dominee ben zijn drie buitenkerkelijken gereformeerd geworden. Drie! Van een van die mensen weet ik bijna zeker dat hij bij onze kerk is gekomen vanwege de diaconie.'

'Dus,' zei ik, 'als je geboren wordt uit ongelovige ouders is het haast zeker dat je verloren zult gaan.'

'Ja,' zei hij, 'dank God dat je in een christelijk gezin geboren werd.'

Maar één gedachte was nog kwellender, ook omdat die gedachte zondig was, dat wist ik zeker. Ik dacht: als ik geboren was uit ongelovige ouders zou ik nooit gelovig worden, nooit. Je zou dan altijd geleefd hebben zonder de gedachte aan de hel, zonder ooit geloofd te hebben in God, die haatte en liefhad al naar het hem schikte. In

God zou ik nooit willen geloven, in God zou ik nooit gaan geloven als ik niet van kind af vertrouwd geweest was met God. Nu kon ik niet anders, maar ik begreep waarom Hugo niet geloven wilde. Ik zou nooit in zo'n God gaan geloven. In Hem geloven betekende Hem laten bestaan, betekende de hel laten bestaan, de eeuwige verdoemenis. Hij, Hugo, had nog een keuze, een keuze die nooit moeilijk zijn kon. Ik kon niet kiezen. Voor mij bestond Hij eerder dan ik in Hem geloofde.

IX

Een paar dagen voor de jaarwisseling zou een feest gehouden worden bij een van de jongens uit mijn klas. Ik bezocht nooit feesten, maar Hugo had mij ditmaal laten beloven dat ik erbij aanwezig zou zijn.

'Het zal je goed doen, kerel,' zei hij.

'Ik kan niet dansen,' zei ik.

'Dat leren we je,' zei hij.

Ik wilde hem niet tegenspreken en ik durfde ook niets te zeggen over de zondigheid van het dansen, iets dat voor mij zo vanzelfsprekend was dat ik er nog nooit over had nagedacht. Maar op de feestjes werd gedanst, dat wist ik.

'Mag je soms niet dansen?' vroeg hij.

'Nee,' zei ik.

'God allemachtig. Wat een ellende om gereformeerd te zijn. Niets is zo prettig als dansen. Is het soms onzedelijk?'

'Ik denk het,' zei ik.

'Best hoor. Het is waar. Het is paren op afstand en waarom niet? Er komen geen kinderen van en iedereen geniet, maar de gereformeerden... God, man, wat zullen jullie gefrustreerd raken door al dit soort opvattingen. Niets is zo gezond als dansen. We leren het je. Het is goed voor je, je bent ook al aardig op weg om gefrustreerd te worden. Jij zou gewoon eens moeten neuken als een beer!'

'Hugo,' zei ik verschrikt.

'Doe niet zo achterlijk! Elke man wil neuken als een beer, alleen de gereformeerden willen het niet eerlijk bekennen, maar ze zijn net zo. En je zorgt voor een aardig meisje.'

'Nee,' zei ik heel beslist.

'Kun je dat niet? Wat ben je toch een zak.'

'Ik ken geen enkel meisje.'

'Werkelijk niet? Hoe is het mogelijk. Maar goed, ik versier wel iets voor je en je komt!'

Toen ik van huis ging vroor het al zeven graden. Ik reed langs de gracht naar een weg langs een van de vlieten. Het huis waar het feest gehouden zou worden stond, omringd door bomen, aan het einde van de weg langs de vliet. Niet eerder had het zo hard gevroren en van het water stegen witte dampen omhoog. Enkele dagen eerder was sneeuw gevallen en de weilanden, bedekt met de witte plekken sneeuw die helder afstaken in de duisternis, lagen doods onder de heldere hemel. Op het water zwommen veel meerkoeten, een enkele kuifeend en voorbij de boerderij 'Het Gouden Zwaard' zag ik een dodaars. Ik voelde mij zeer ongelukkig en het verlaten landschap met de onregelmatig verdeelde witte vlakken en de starre, kale bomen pasten uitstekend bij mijn stemming. Het geruis van de banden van mijn fiets, soms het geknerp als er sneeuw op de weg lag, vervulde me met onbehagen.

Het feest zou gehouden worden in een grote garage.

Het feest zal niet doorgaan omdat het te koud is, dacht ik. Maar ik zag anderen voor mij uit fietsen en even later werd ik ingehaald door Hans Kazemaat, die mij vroeg een paar platen van hem te willen overnemen. Ik nam de grammofoonplaten onder mijn arm en we reden samen verder. Hij praatte opgewonden over het feest.

'Ik hoop dat ik eindelijk eens meer bereiken kan bij Marian,' zei hij. 'Het is wel beroerd dat haar vader haar brengt en weer afhaalt. Je hebt de beste kansen na een feest als zij en jij een beetje tipsy zijn en je ze thuisbrengt. Jammer, verdraaid jammer. Maar misschien is er wel een donker plekje in de garage. Ben jij alleen?'

'Ja,' zei ik.

'O, Hugo zou iets voor je versieren, is het niet? Ik heb nog nooit iemand gezien die ze zo gemakkelijk versiert. Als ik dat zo kon... Hij kan iedereen krijgen, weet je, iedereen. Ben benieuwd wat hij voor jou heeft. Hij is wel gek dat hij het doet voor je. Moet je toch zelf kunnen.'

We naderden het huis. De garage stond achter het huis.

'We gaan eerst iets drinken in het huis,' zeiden een paar meisjes, die juist voor ons gearriveerd waren. 'Het is nog te koud in de garage,' legden ze uit.

In de woonkamer van het huis werd druk gepraat en gelachen. Ik liep naar een hoek van de kamer en ging naast een piano zitten. Een klein meisje begon onmiddellijk tegen mij te praten.

'Koud, hè. Ik hoop dat er een goede kachel is in de garage, want ik draag een nylon jurk. Houd jij ook zo van dansen? Heerlijk hè. Ik moet al om elf uur thuiskomen. Vroeg, hè. Zeg, speel jij ook piano? Dat is moeilijk, hè. Jij heet Ammer Stol. Ik ben Marian Rosman. Ik hoop dat we koffie krijgen, daar word je van binnen zo lekker warm van, hè. Gô, wat zalig! Een feest!'

Ze praatte onophoudelijk, zonder zelfs maar een antwoord te verwachten en zonder enige samenhang. Wat zijn meisjes toch vervelend, dacht ik. Ze willen praten en dansen en ze zijn ontzettend dom. Ik keek naar de gebaren van de meisjes, naar de glinsterende ogen en ik voelde een afschuw van de meisjes en van de jongens, die ook opgewonden met elkaar praatten, en van het feest. Waarom ben ik hier? dacht ik. Ik ben gek om hier te zijn, gewoon gek.

'Het is nu warm genoeg in de garage,' zei de moeder van gastheer-klasgenoot.

We liepen over een betegeld pad naar de garage. Het was koud. De meisjes rilden.

'Zo gaat het niet,' zei Hugo. 'De meisjes moeten in een deken gewikkeld naar de overkant gebracht worden.'

'Ja,' riepen de meisjes.

Wij liepen terug naar het huis. Er was een deken en de eerste dame werd naar de garage geleid. Elke jongen was verplicht zijn eigen dame naar de overkant te brengen en ik voorzag dat het ogenblik zou komen waarop ik een van de meisjes zou moeten omwikkelen en naar de overkant brengen. Ik deed enkele passen terug in de richting van het huis. De jongens en de meisjes waren zo geconcentreerd bezig met het spelletje dat niemand op me lette. Ik liep het huis binnen.

'Kunt u me ook zeggen waar de wc. is?' vroeg ik de moeder.

'Zeker,' zei ze, 'tweede deur links.'

Ik luisterde op de wc. zittend naar het praten en lachen. Ik hoorde dat Hugo tweemaal mijn naam riep, maar ik antwoordde niet, voelde mij opgelucht omdat ik alleen hier zat. Ik wachtte nog even. Ik hoorde geen geluiden meer van buiten. Ze zouden nu wel in de garage zijn.

Ik liep door de gang van het huis. Behoedzaam verliet ik het huis en keek over het tegelpad. Niemand! Ik liep over de tegels en ik voelde een heftig verlangen om naar huis te gaan. Ik stond stil. De lucht was heel helder. Ik zag de sterren en de volle maan. Rond de maan was een heldere krans van pluizig licht. Er was meer wind dan zoëven. Waarom zou ik niet naar huis gaan? Het was zo eenvoudig. Mijn fiets stond tegen de buitenmuur van de garage, maar ik had mijn jas niet. Om mijn jas te kunnen halen zou ik het huis nogmaals moeten binnengaan. Ik keek om, naar het huis. De voordeur was nog geopend, maar in de gang liep iemand en de deur werd gesloten. Enkele passen en ik was bij de garage. Ik opende de deur. Voor mij was een portaal. Hier zou ik kunnen blijven, dacht ik, maar de deur werd geopend en er verscheen een meisje.

'Wat doe jij hier? Het is koud, zeg, ik ga mijn jas halen.'

Ik kon niet anders dan de garage binnengaan. Er werd niet gedanst. Ik ging zitten op een plank die over twee tonnen lag. Aan de zoldering hingen brandende lampions.

'Gezellig, hè,' zei een van de meisjes.

'Waar was je?' vroeg Hugo.

'Op de wc.,' zei ik.

'Wat ben jij toch voor een kerel,' zei hij. 'Hier is Evelyn.'

Het meisje naast Hugo deed een pas voorwaarts en gaf mij een hand. Ze was lang en mager, ze had lichtblond haar. Ze keek naar me, koel en afwachtend.

'Dit is Ammer Stol, Evelyn,' zei Hugo.

'Kom bij ons zitten,' zei ze.

We zaten rondom een geïmproviseerde tafel. Hugo praatte, zoals altijd. Hij hield de hand vast van een donkerharig meisje, dat me voortdurend aankeek. Wat een rotkind, dacht ik. Hugo boog zich naar het meisje voorover en fluisterde haar iets in het oor. Ze lachte even, terwijl ze nog steeds naar mij keek. Lachte ze om mij? Ik haatte haar. Plotseling schalde de muziek door de kleine ruimte.

'Dansen,' zei Hugo.

Hij stond op. Het meisje volgde hem en ze dansten.

'Kom je,' zei Evelyn.

'Ik... ik kan niet dansen,' zei ik.

'Wat,' zei ze.

'Heeft Hugo... heeft hij niets gezegd?'

'Nee,' zei ze, 'anders was ik niet gekomen. Wat een gemene streek. Mij opschepen met een jongen die... die niet eens kan dansen.'

'Dans met mij,' zei Hans Kazemaat.

'Goed,' zei ze.

Ik zat aan de tafel met Marian Rosman, die onmiddellijk losbarstte.

'Wat dansen ze innig, hè,' zei ze, 'Hugo en Liesbeth. Maar als je vaste verkering hebt mag dat. Jij kunt niet dansen. Jammer, hoor. Maar ik vind het ook leuk om te praten. Heel gezellig. Op feesten kun je zo heerlijk met elkaar praten, zo echt diepgaand, zo mooi. Wat is het nog koud, hè. Zullen we eens wat drinken? Zal ik iets voor je halen?'

Ik knikte. Ze liep naar een tafel, waarop allerlei dranken stonden.

'Wat wil je hebben,' vroeg ze. 'Ik neem wijn. Wijn is zo'n echte drank, hè, zo'n gedistingeerde drank. Het is eigenlijk het beste wat je kunt drinken, o ja, het is een beetje een verheven drank eigenlijk, hè. Wil je ook wijn?'

'Ja,' zei ik.

'Vind jij deze muziek ook zo lelijk? Je kunt niet dansen op klassieke muziek, maar ik houd eigenlijk alleen maar van Chopin. Dat is mooi, hè, die walsen...'

'Die walsen zijn niet zo mooi. Maar de ballades zijn prachtig en de etudes,' zei ik, blij ook eens iets te kunnen zeggen.

'Ballades? Ballades, dat is poëzie. Dat is geen muziek. In de muziek heb je sonates en ouvertures en symfonieën en walsen. Maar ballades? En etudes zijn voor beginners. Chopin heeft vast geen etudes gemaakt. Jij weet niets van muziek, geloof ik. O, ik houd zoveel van poëzie. Dat is zo echt levende taal, hè. Eigenlijk zouden we allemaal poëzie moeten spreken. Dat zou heerlijk zijn. Wat zijn die lampions mooi, hè.'

Ik was gewoon verbijsterd. Dit meisje meende iets te weten van Chopin. Geen ballades! Wat een ontzettend dom kind, dacht ik. Hans Kazemaat is gek. Ik voelde mij echter iets minder ellendig. Ik was zo kwaad op het meisje dat het voor enkele ogenblikken de onrust en de afkeer van het feest overstemde, maar de muziek zweeg en Hugo stond voor mijn tafel en zei: 'Kom, Ammer. Liesbeth zal je dansen leren.'

'Nee, nee,' zei ik.

'Doe niet zo gek. Kom. Je kunt toch zo niet de hele avond blijven zitten.'

'Ik wil het niet leren,' zei ik.

Ik beefde. Hij keek me aan. Er was minachting in de blik, ook medelijden. Geen medelijden, dacht ik, laat hij geen medelijden hebben. Maar wat een ogen! Bruine ogen. Ik stond op. Het meisje legde mijn arm om haar lichaam en vouwde haar vingers om de vingers van mijn hand.

'Nu moet je naar mijn voeten kijken,' zei ze, 'en je moet steeds dezelfde passen doen als ik, maar in tegenovergestelde richting.'

Ik strompelde moeizaam over de vloer. Er werd gelachen. Ik hoorde de woedende stem van Hugo. Daarna klonk langzame muziek.

'Je kunt geen maat houden,' zei ze. 'Hugo kan goed maat houden.'

'Hugo kan alles heel goed,' zei ik. 'Hij is geweldig.'

Ze keek verbaasd naar me. Had ik iets miszegd?

'Vind je Hugo aardig?' vroeg ze terwijl ze behendig mijn plompe voeten ontweek, die al eerder onzacht met haar tenen in aanraking waren geweest.

'Heel, heel aardig,' zei ik.

'Is hij je beste vriend?' vroeg ze.

'Ik weet het niet,' zei ik, 'ik zou willen dat hij mijn beste vriend was.'

'Heb je veel vrienden?' vroeg ze.

'Nee,' zei ik.

'Heb je ooit wel eens een vriendinnetje gehad?'

We stonden bijna bewegingloos naast elkaar in de hoek van de garage. Af en toe deden we een paar passen. Ik was blij dat ze was opgehouden mij te wijzen op de verkeerde passen en alleen nog maar wat wilde praten. Ik vond haar vragen niet prettig, maar prettiger dan het dansen en ze stelde ze zo vanzelfsprekend, dat ik wel antwoorden moest.

'Nee,' zei ik, 'ik heb nog nooit een vriendinnetje gehad.'

'O,' zei ze, 'zullen we ophouden met dansen?'

'Ja,' zei ik.

De vernedering was voorbij. Ik ging achter de tafel zitten waarop de dranken stonden. Ik keek naar de dansende jongens en meisjes. Liesbeth danste met Hugo, ze praatte met hem. Ze keken soms naar mij. Ik vervulde de functie van barkeeper. Ik dronk van de wijn, ik dronk veel van de wijn en ik voelde mij minder opgelaten. Ik stampte met mijn voet op de maat van de muziek en neuriede zacht een melodie. Ze zouden mij nu wel met rust laten. Ze dansten, ze gingen zitten, ze dronken iets waarvoor ze bij mij kwamen en ze dansten weer. Ik keek voortdurend naar Hugo en Liesbeth. Hij danste goed, vond ik, heel goed. Ik was jaloers op het meisje, zoals ik jaloers was geweest op Huib. Als ik een meisje was, dacht ik, zou ik altijd met Hugo willen dansen, altijd. Ik zou ook zo innig dansen en ik zou zeggen: Huug, we horen bij elkaar. We zijn allebei knap, jij bent zelfs nog knapper dan ik. Ik ben goed in talen en jij bent goed in de exacte vakken. Dus we vullen elkaar goed aan.

Ze dansten niet meer.

'We houden even een pauze,' schreeuwde een van de jongens.

Hugo liep naar mijn tafel.

'Bevalt het je goed,' zei hij, 'vind je het leuk?'

'Heel goed,' zei ik.

'Waarom dans je niet?'

'Je weet toch dat...'

'...je niet kunt dansen. Dat weet ik, inderdaad, dat weet ik. Maar ik dacht dat je niet danste omdat je gereformeerd was.'

'Dat is ook zo,' zei ik.

'Zo,' zei hij, 'is dat zo?'

Ik was mij bewust van een vrij vage maar onmiskenbare angst. Waarom praatte hij zo? Hij keek mij aan, hij had het hoofd iets voorovergebogen. Het leek alsof hij boos was. Plotseling boog hij zich naar mij voorover en hij fluisterde: 'Zeg eens, Ammer, zou je met mij willen dansen?'

'Ik... met jou? Dat kan immers niet. Als ik een meisje was zou dat wel... Waarom vraag je dat?'

Ik was nu ronduit bang, terwijl ik zijn bruine ogen zo

vlak bij mij had en hij me weer scherp aankeek en vroeg: 'Zou je met mij willen dansen?'

'Ik begrijp het niet,' stamelde ik.

'O, nee,' zei hij honend, 'begrijp je het niet? Maar als je een meisje was, zou je wel willen. Je zou mijn beste vriend willen zijn. Zo is het toch?'

Ik deed een pas naar voren en legde mijn hand op zijn schouder, als om hem gerust te stellen en hem iets terug te dringen.

'Hugo, waarom...' Maar voordat ik had kunnen uitspreken veegde hij mijn hand van zijn schouder en zei: 'Blijf van me af, vieze homo,' en hij richtte zich op en wendde zich om. Ik stond daar en begreep zijn woorden niet, nog niet, terwijl hij wegliep door de garage, en niet meer omkeek. Ik voelde de triomfantelijke blik van Liesbeth en het bloed in mijn wangen, ondraaglijk warm ondanks de koude in de garage. Niemand had de dialoog gehoord tussen Hugo en mij en ze lachten. Niemand keek naar me toen ik de deur opende van het portaal, ook Hugo niet, die met het meisje praatte, en toen ik naar hem keek wist ik dat ik hem haatte, ontzettend haatte, zoals ik nog nooit iemand gehaat had. Ik liep over de tegels. De wind was aangewakkerd en floot door de bomen die om het huis stonden.

De moeder deed open.

'Wat is er?'

'Ik zou graag even van het toilet gebruik maken,' zei ik. Nadat ze verdwenen was in de woonkamer verliet ik de wc. en nam mijn jas van de kapstok. Ik rende naar mijn fiets, sprong op het zadel en reed snel weg. Het was ontzettend koud, maar ik had de wind in de rug. Ik verbaasde mij over de rust waarmee ik in staat was over de windrichting na te denken. Eerst toen ik op de weg reed in de maanverlichte nacht en de wind in mijn rug blies dacht ik aan de woorden van Hugo. 'Vieze homo' had hij gezegd. Het is niet waar, riep ik luidop. De bomen waren groot en grillig in het licht van de lantaarn van mijn fiets. Ik zag ze vreemd verwrongen staan, terwijl ik driftig de tranen wegveegde uit mijn ogen. Niet waar, niet waar, schreeuwde ik huilend. Gelogen, gelogen. Het is gelogen. Ik ben geen homo, ik ben geen homo, geen homo, geen homo, geen...

Ik fietste sneller. De bomen werden groter, groter. De banden van mijn fiets knerpten over de bevroren sneeuw op de weg. Ter hoogte van de boerderij 'Het Gouden Zwaard' gleed ik uit over de sneeuw en belandde ik met mijn fiets in de berm van de weg. Enkele ogenblikken vergat ik mijn ellende en zat ik opgelucht 'niets gebeurd' roepend naast mijn fiets, steeds nog huilend en alweer roepend 'het is niet waar'. Het was koud, maar ik dacht niet aan de koude. Ik ging in de berm van de weg zitten, probeerde te liggen en voelde de harde sneeuw en ging weer zitten en keek uit over de weilanden met nog altijd die barre, doodse sneeuwvlekken en ik luisterde naar de wind die rammelde aan de dakpannen van de boerderij. Ik zat daar en ik huilde. Ik schreeuwde niet meer. Ik huilde zonder geluid, zelfs bijna zonder tranen.

Het riet langs de waterkant was bijna ononderbroken in beweging, maar op het water lag een klein laagje ijs. Een meerkoet zwom door het water, nee, liep over het ijs, waar het telkens doorheen ging, zodat het dier een klein stukje zwom en weer op het ijs klom, dat afbrak. Waar de meerkoet was geweest bewoog het water wild en brak het ijs af door de beweging van het water, zodat er voortdurend knappende en ritselende en onnoembare geluiden waren, evenals in de bomen, waarvan de takken heftig bewogen in de wind. Ik voelde mij rustiger. Nog altijd kon ik alleen maar denken: het is niet waar, het is niet waar, het is gelogen, maar er ontstond plaats voor het beeld van de meerkoet en voor andere beelden, Hugo snel lopend op de speelplaats van de school, mijnheer Brikke omdat hij ook... nee, niet ook, want ik niet, ik niet, ik nooit, nooit, nooit. Bij de beelden voegden zich stemmen en geluiden en ten slotte gedachten, die allemaal betrokken waren op het woord van Hugo, waarvan ik wist dat het niet op mij van toepassing was omdat ik immers bij mijnheer Brikke was weggelopen. De lucht werd helder blauw en het riet was groen. Langs het water bloeiden gele dotterbloemen en ik voer op het water met mijnheer Brikke, die tegen mij praatte zonder dat ik iets verstond en het was warm, heel warm en midden op het water was een eiland, waarop koekoeksbloemen groeiden en valeriaan en moerasandoorn. Ik rook de munt en hoorde het zoemen van de bijen. We voeren voorbij het eiland in het zonlicht onder de bomen die hier langs het water stonden, links en rechts langs het water en er was schaduw op het water van de bomen en na de bomen volgde een meer, waarop zeilboten dreven en langs de oevers liepen mensen en de lucht was vervuld van hun stemmen en hun gelach en het was nog altijd, nog altijd warm, heerlijk warm, een diepe, koesterende warmte en mijnheer Brikke vatte mijn hand en zei: 'Maar natuurlijk is het waar, Ammer. Dat wist je immers al. Ik had het je toch gezegd. Het is waar. Wat doet het ertoe, Ammer. Als er maar zon is en als het maar zomer is en...'

'Moet je doodvriezen, jongen. Word wakker! Lig je hier je roes uit te slapen? Word wakker!'

Een man schopte mij tegen de benen. Ik opende de ogen en voelde een vreemde, tintelende warmte in mijn benen en armen, een soort geheimzinnige gloed waardoor het moeilijk was om op te staan, hoewel ik werd geholpen door de man, die mij vloekend omhoogtrok.

'Naar huis,' schreeuwde hij. 'Je ruikt naar alcohol. Ga thuis je roes uitslapen. Zo vries je dood.'

Als ik was blijven liggen, dacht ik, zou dat beter geweest zijn. Doodvriezen, heerlijk doodvriezen. Ik schrok van de zondige gedachte. Maar waarom doodvriezen? Het was immers niet waar, maar het zou waar kunnen worden, eens. Na de kerstvakantie zou ik Hugo terugzien. Zou hij de anderen vertellen wat hij mij gezegd had? Er was een wrange droefheid in mij gedurende de kerstdagen en de jaarwisseling en naarmate de dag naderbij kwam waarop ik Hugo zou terugzien, werd het besef sterker dat er iets van waar was. Waarom zou ik anders zo gelukkig geweest zijn tijdens de gymnastiekles en waarom zou ik hem anders als een hond zijn nagelopen? Ik besloot hem te negeren voortaan, maar dat voornemen bleek niet bestand tegen zijn overrompelende persoonlijkheid en tegen zijn woorden, de eerste dag na de vakantie.

'Ammer, kerel, het spijt me ontzettend, maar het was de schuld van dat meisje, van Liesbeth. Zij zei me, nou ja, goed, wat ik stom genoeg ook tegen jou heb gezegd. Ik heb het uitgemaakt met haar. Werkelijk: het spijt me. Wil je proberen het te vergeten?'

'Ja, Huug, eerlijk gezegd was ik het al vergeten.'

'Zo,' zei hij. Hij lachte en op dat moment wist ik dat hij het nog geloofde en ik wist ook dat het waar was, voor zover zo iets waar kon zijn, want zoals hij daar stond, die enigszins vreemde glimlach rondom zijn mondhoeken, wat voorovergebogen en met zijn heldere, bruine ogen naar mij kijkend, wat nieuwsgierig, wat spottend, maar vrolijk, met zijn handen langs zijn lichaam, alsof hij gereed was om zo weg te vliegen in het schaarse januarizonlicht, hield ik van hem, hield ik meer van hem dan ik hem gehaat had en ik wist dat ik dat nooit meer zou kunnen laten blijken, omdat hij het ook wist. We zouden het beiden moeten verzwijgen en hij zou zich aan deze stilzwijgend gemaakte afspraak houden, op voorwaarde dat ik dat ook zou doen. Eén ogenblik nog voelde ik een zekere woede om zijn edelmoedige houding, maar ook dat vergat ik en dat ogenblik is een van de weinige, misschien wel het enige, geweest waarop ik volledig verzoend was met de gedachte anders te zijn, omdat de mogelijkheid om van deze jongen te houden daar tenslotte van afhankelijk was.

30 december, zaterdag.

De oorpluimen van de ransuil bewegen niet. Hij staart over het water, dat rimpelloos aan mijn voeten ligt. Slaapt hij? Hij zit op een tak van een eikeboom zodat hij nauwelijks afsteekt tegen het donkere hout. Zou hij mij zien? Ik zit aan de overzijde van het smalle water op de flauw glooiende oever in een kleine natuurlijke ruimte tussen het dode riet langs de waterkant. Soms lopen waterhoentjes door het riet zodat het breekt: een dof, akelig geluid. Maar de ransuil laat zich door geluid niet verjagen. Hoe lang zou hij hier nu al zitten? Vaak heb ik hier gezeten tussen het riet en altijd zag ik de ransuil. Deze ransuil? Ik weet het niet. Ik denk het. Maar dan moet hij hier al zeven of acht jaar gezeten hebben. Zou dat mogelijk zijn. Dat zou ik Jakob Valler moeten vragen. Boven het nevelige oppervlak van het water verschijnen beelden van Engeland. Daar heb ik Jakob voor de laatste maal gezien. Waarom heb ik het hem gezegd? Ik wist immers dat Jakob een afschuw zou hebben van homoseksualiteit, hij had het zo vaak laten doorschemeren. Maar daarom heb ik het hem gezegd. En vanwege het hopen tegen beter weten in. Met hem op vakantie zijn, met hem praten, wandelen, liften, door Engeland trekken en niet meer, niet iets anders. Dat kon ik niet aanvaarden. Misschien goed dat we niet samen verder zijn gegaan. Maar in plaats van de kwelling van dat warme, levende, bruinverbrande lichaam en die lachende, gloeiende ogen heel dichtbij en eigenlijk zo veraf, het opnieuw onder ogen moeten zien van een breuk met een vriend.

Ik fluit zacht de maanaria uit de opera Rusalka van Dvorak. Een zeemeermin die mens wil worden om te kunnen liefhebben. Zelden denk ik na over mijn eigen homoseksualiteit. Het maakt me moedeloos. Van de homoseksuelen over wie ik altijd lees begrijp ik zo weinig, ze zijn anders dan ik. Alleen de Engelse schrijver Denton Welch begrijp ik. Zo ben ik. Ik fluit harder, scheller om de ransuil te treiteren, maar het dier blijft doodstil zitten. Hij heeft het probleem opgelost. Hij kan jarenlang alleen zijn. Hij heeft zo weinig nodig: de tak van een eikeboom is genoeg. Hij verlangt niet naar een metamorfose, hij is geen zeemeermin die mens wil worden, geen man die vrouw wil worden om te kunnen liefhebben. Sinds hij hier zit is er zoveel met mij gebeurd: mijnheer Brikke, Hugo Wildervanck, Jakob Valler. Hij heeft niet de behoefte om de namen te rangschikken en in elkaar te laten overvloeien tot een grijpbaar geheel. Het is vreemd dat je altijd een structuur wilt onderscheiden in je verleden, een ordelijke begrijpelijke samenhang wilt construeren, waarbij van vooruitgang, ja, opgang, sprake is. Zou je dat zijn bijgebracht door biografen, die zo treffend andermans levensloop kunnen beschrijven, waarbij steeds duidelijker de bewonderenswaardige orde zichtbaar wordt? Je wilt keerpunten onderscheiden en grootse momenten. In werkelijkheid is er chaos en vertel je een vriend dat je bent als de ridders, waardoor je alles bederft. Die behoefte om terug te kijken! Waarom heb ik gisteren geschreven over Hugo Wildervanck in plaats van te werken aan een tentamen? Omdat ik Brikke bezocht heb. Ik had mij geheel verzoend met de gedachte alleen te moeten blijven. Dan zie je een oude man wiens leven verknoeid is. Zo wil ik niet leven.

Ik neem een steentje op van het pad achter mij en gooi het in de richting van de ransuil. Ik raak de vogel niet, maar hij opent de ogen en de gestadige blik rust op mij. Ik zou willen wegduiken in het water om die blik te ontwijken. Maar ik kijk naar de ransuil. Hij moet wijken, niet ik. We zitten tegenover elkaar, hij hoger dan ik, zodat hij in het voordeel is. En zijn ogen staan zo beangstigend dicht bij elkaar. Rondom de ogen is de huid donkergeel, zodat de ogen groter lijken en daardoor sterker, krachtiger. De omhoog geplooide wenkbrauwen maken de blik streng. Misschien kan een ransuil wel kijken zonder er zelf bij betrokken te zijn. Wat is die blik vasthoudend! Ik heb het gevoel dat er veel op het spel staat, dat ik niet mag verliezen. Ik moet gewoon kijken, rustig kijken, ondertussen aan andere dingen denken, stil blijven zitten, aria's fluiten uit de opera Rusalka. Waarom kijkt hij zo? Hij kan immers zijn ogen bedekken met het onderste ooglid. Zo zijn die ogen gemaakt. Waarom doet hij het niet? Hij is niet sterker dan ik, maar heeft nu eenmaal mooi opgemaakte ogen, sterke ogen, dwingende ogen. Ik neem opnieuw een steen van het pad terwijl ik naar de ransuil blijf kijken. Ik gooi de steen in de richting van de ransuil. De steen raakt de eikeboom, ketst af tegen het hout en valt omlaag op het dak van de boerderij. Het verweerde stro kraakt en de steen zakt door het stro. Ik hoor een dof, luguber geluid als de steen de vloer bereikt. De echo van het geluid klinkt akelig helder over het nevelige, winterse land. De ransuil vliegt op en laat een zacht klagend geluid horen, een langgerekt en droevig 'oe-oe' dat me heel erg aangrijpt. Hij vliegt weg in de grijze winterlucht. Nogmaals het onbeschrijfelijk droevige geluid. Ik krimp ineen bij zoveel verdriet. Na lange tijd keert hij terug en gaat op dezelfde plaats in de eikeboom zitten.

De ransuil kijkt naar me en ik wend beschaamd mijn ogen af.

1 januari, maandag.

Op de Reegkade ligt sneeuw. De zon schijnt op de sneeuw. Het schip is vertrokken en de meeuwen vliegen lusteloos boven het grauwe water. Mijnheer Brikke zit niet in de voorkamer, hoewel het uitzicht over de besneeuwde kade in het zonlicht heel mooi moet zijn. Zon op sneeuw ontroert me altijd. Het is een kortstondige ontmoeting van twee wezens, die elkaar niet verdragen kunnen en waarbij de sneeuw meestal verliest, maar gedurende de tijd dat ze samen zijn maken ze een helder, schitterend licht. Helaas is de sneeuw op de brug over de Reeg al grauw en modderig en vreemd genoeg overvalt me, als ik door de modder ploeter op de brug, een verlangen naar de zomer, dat me bijna de adem beneemt. Ik denk aan bolle zeilen, boven riet uitstekende zeilen, die langzaam voortbewegen en verblindend wit zijn, bijna zo wit als de sneeuw. De schittering van het zonlicht op water in de late namiddag. Bloeiende bomen, wuivend, bepluimd riet, het verre geronk van een vliegtuig, voorbijdrijvende wolken hoog in de lucht en het nooit aflatende gezoem van de insekten, de dans van de muggen in het avondrood, het gezang van de krekels en de geur van pas gemaaid hooi. Waarom verlang ik naar de zomer? In de zomer verlang ik vaak naar de winter, naar

174

pas gevallen sneeuw. Waarom altijd verlangen naar dat wat er niet is?

Ik zie mijnheer Brikke niet in het huis. Ik open de huisdeur met de loper die hij mij gegeven heeft. Ik hoor geen geluiden in het huis en mijnheer Brikke opent niet de deur van de woonkamer om mij te begroeten, zoals hij altijd doet.

Hij is niet in de woonkamer. Hij zal het huis toch niet zijn uitgegaan. Hij zou thuis zijn.

'Mijnheer Brikke,' roep ik halfluid. In het huis is mijn stem hard. Ik hoor geen geluid na mijn roepen. Ik loop aarzelend door de kamer. Door het raam kijk ik uit over de kleine achtertuin, die ommuurd is. In de tuin lopen een paar merels in de sneeuw. Een paar koolmezen hippen opgewonden rond en laten zich door de merels verjagen. De mussen laten zich niet verjagen door de merels. In de tuin liggen aardappelen. Maar ik weet bijna zeker dat de aardappelen niet door mijnheer Brikke zijn uitgestrooid. Het voedsel is een achteloos weggegooide gave van zijn buren, waarover hij vaak heeft geklaagd. In elk geval storen de mussen zich niet aan de driftige uitvallen van de merels. Ze doen hoogstens onbekommerd een pas opzij (een hip opzij zo men wil) en profiteren van de hooglopende ruzies van de merels onderling bij het wegpikken van de aardappels. Hoe agressief zijn de merels! Ze kwetteren en rumoeren en vergeten de aardappels. Op een tak van een berk zie ik een roodborstje. Het vogeltje zit eenzaam tussen de mussen en de merels, maar vliegt angstig op als een vogel een uitval doet. Men ziet eigenlijk nooit twee roodborstjes samen, volgens Jakob omdat ze zo agressief zijn tegen hun eigen soortgenoten. Een bewust gewilde eenzaamheid dus. De vogels vliegen plotseling weg en even later worden broodkruimels over de muur geworpen. Een paar spreeuwen strijken neer in de takken van de berk. Ze werpen zich opgewonden op de broodkruimels. Hun potsierlijk gedrag boeit me. Waarom sta ik naar de vogels te kijken? Kan ik niet beter het huis verlaten en vanavond terugkomen? Morgen vertrek ik naar Leiden. Ik blijf niet langer bij mijn krankzinnige moeder en mijn gemartelde vader. Ik denk aan de afgelopen dagen. Met mijn vader kan ik geen gesprek voeren omdat ik medelijden met hem heb, met mijn moeder en zuster heb ik steeds ruzie gehad, wat natuurlijk wel een zeker contact is, maar een heel slecht contact. Maar met mijnheer Brikke was er toch meer. Met hem heb ik in deze dagen kunnen praten. Toch bevredigden de gesprekken mij niet. Het waren monologen, hoewel soms meer. Maar ik zou niet in staat zijn weken, ja, maanden mijnheer Brikke te bezoeken als ik steeds zijn monologen zou moeten aanhoren. Hij waardeerde mijn bezoeken, dat is zeker en dat is iets. Waar zou hij zijn? Ik loop door de kamer. In de gang zie ik zijn regenjas, de enige jas die hij bezit. Het is onwaarschijnlijk dat hij uitgegaan is. Nogmaals roep ik: 'Mijnheer Brikke.'

Ik hoor de geluiden van de vogels in de tuin. Ik open de trapdeur. Voor mij zie ik een donkere trap en ik zou de deur het liefst weer dadelijk gesloten hebben. Maar ik beklim de trap. De treden kraken onder mijn voeten. Er ligt geen loper op de trap, het is een steile trap. De trap komt uit op een overloop. In het schaarse licht zie ik drie deuren. Ik ben hier nooit eerder geweest. Waar zou hij slapen? Vrijdagavond brandde nog licht in het huis. Ik open een van de drie deuren. Voor mij zie ik een kleine kamer met een zolderraam. In de kamer hangt een wat muffe geur en er zijn kasten, waarvan er een geopend is. In de kast liggen stapels muziek. Ik sluit de deur van de kamer. Ik moet even wennen aan de duisternis op de overloop. Ik open een andere deur. Het heldere zonlicht verblindt me. Hij slaapt met de gordijnen open, denk ik verbaasd. Ook het raam is geopend en er moet sneeuw in de kamer gewaaid zijn. Er ligt tenminste een klein plasje water voor het bed. De gordijnen waaien zacht heen en weer in de wind. In de dakgoot die ik goed kan zien uit het raam, ligt verse sneeuw opgehoopt. Overal is zonlicht, op het bed, op de muren van de kamer, op de zoldering. Het zonlicht valt ook over zijn gezicht. Hij zou kunnen slapen als de ogen niet geopend waren. Terwijl hij sliep moet hij gestorven zijn, denk ik. Hij zal geen pijn geleden hebben. De dekens liggen ordelijk over hem uitgespreid. De gedachte aan pijn houdt me bezig, houdt me heel lang bezig, terwijl ik naar hem sta te kijken, eigenlijk alleen maar wat verbaasd omdat hij daar zo vredig ligt in het zonlicht. Hij zal geen pijn geleden, geen pijn geleden, geen pijn... Het is alsof ik niets anders denken kan. Het zonlicht schijnt ook over het voeteinde van het bed. De voeten liggen ordelijk naast elkaar onder de dekens. Ik zal een dokter moeten waarschuwen, maar hij heeft geen pijn geleden, dus waarom eigenlijk. Hoe lang zou hij hier liggen? Zou het vannacht gebeurd zijn of eerder? Ik verbaas me over mijn gedachten. Maar hij is zo vanzelfsprekend gestorven dat ik mij ook met vanzelfsprekende, bijna nuchtere gedachten moet bezighouden om hem niet ontrouw te zijn. Maar alles wordt anders als ik enkele passen doe in de richting van zijn bed. Ik word mij bewust van zijn blik, van de ogen, waarvan er één op mij gericht is. Om die blik heb ik van hem gehouden, denk ik en ik weet dat het niet waar is, maar dat ik bang geweest ben voor zijn blik, de angst die je omzet in liefde om het te kunnen ervaren.